Catturami

CATTURAMI: LIBRO 1

Anna Zaires

♠ Mozaika Publications ♠

Pubblicato da Mozaika Publications, stampato da Mozaika LLC.
www.mozaikallc.com

Traduzione italiana: Martina Stefani 2017
Revisione italiana a cura di Immacolata Sciplini

Copertina della Najla Qamber Designs.
www.najlaqamberdesigns.com

e-ISBN: 978-1-63142-236-2
Print ISBN: 978-1-63142-237-9

L'incarico

yulia

I due uomini di fronte a me hanno un aspetto minaccioso. Sprizzano pericolosità da tutti i pori. Uno biondo, uno scuro—avrebbero dovuto essere l'uno l'opposto dell'altro, ma, in qualche modo, sono simili. Mi suscitano la stessa inquietudine.

Un'inquietudine che mi fa provare un gelo interiore.

"C'è una questione delicata di cui vorrei discutere con te" dice Arkady Buschekov, l'ufficiale russo accanto a me. Il suo sguardo chiaro, spento è fisso sul volto dell'uomo con i capelli scuri. Buschekov lo dice in russo, e io ripeto subito le sue parole in inglese. La mia traduzione è perfetta, il mio accento impercettibile. Sono una brava interprete, anche se questo non è il mio vero lavoro.

"Continua" dice l'uomo con i capelli scuri. Si chiama Julian Esguerra ed è un trafficante d'armi. Lo so perché ho esaminato la sua cartella questa mattina. È l'uomo importante di oggi, quello a cui vogliono che io mi avvicini. Non dovrebbe essere difficile. È un uomo incredibilmente bello, con gli occhi azzurri e un piercing sul viso scuro e abbronzato. Se non fosse per quella sua aria minacciosa, sarei davvero attratta da lui. Visto come stanno le cose, fingerò, ma lui non lo saprà.

Non lo sapranno mai.

"Sono certo che sei a conoscenza delle difficoltà nella nostra zona" dice Buschekov. "Vorremmo che ci aiutassi a risolvere il problema."

Traduco le sue parole, facendo del mio meglio per nascondere il mio crescente entusiasmo. Obenko aveva ragione. C'è qualcosa tra Esguerra e i russi. Anche Obenko lo ha sospettato quando ha saputo che il trafficante d'armi era in visita a Mosca.

"Aiutarvi in che modo?" chiede Esguerra. Sembra solo vagamente interessato.

Mentre traduco le sue parole per Buschekov, do una rapida occhiata all'altro uomo accanto al tavolo—quello con i capelli biondi tagliati corti, come se fosse un militare.

Lucas Kent, il braccio destro di Esguerra.

Ho cercato di non guardarlo. Mi innervosisce ancor più del suo capo. Per fortuna, non è lui il mio bersaglio, quindi non ho bisogno di fingere interesse nei suoi confronti. Per qualche ragione, però, i miei occhi continuano a essere attratti dai suoi lineamenti duri. Con il suo fisico slanciato, forte e muscoloso, la mascella quadrata e lo sguardo feroce, Kent mi ricorda un bogatyr—un nobile guerriero dei racconti popolari russi.

Si accorge che lo sto guardando, e sbatte le palpebre prima di soffermarsi sul mio viso. Distolgo immediatamente lo sguardo, reprimendo un brivido. Quegli occhi azzurro-grigi e gelidi mi fanno pensare allo strato di ghiaccio là fuori.

Grazie a Dio, non è lui che dovrò sedurre. Sarà molto, molto più facile fingere con il suo capo.

"Ci sono alcune zone dell'Ucraina che hanno bisogno del nostro aiuto" dice Buschekov. "Ma, vista l'opinione pubblica mondiale in questo momento, sarebbe problematico se ci recassimo lì e offrissimo quell'aiuto."

Traduco velocemente quello che ha detto, concentrandomi ancora una volta sulle informazioni che devo raccogliere. È questo l'importante; è questo il motivo principale per cui sono qui oggi. Sedurre Esguerra è secondario, anche se probabilmente inevitabile.

"Quindi, vorresti che lo facessi io" dice Esguerra, e Buschekov annuisce, mentre traduco.

"Sì" risponde Buschekov. "Vorremmo far arrivare un considerevole carico di armi e altre forniture ai combattenti per la libertà a Donetsk. In questo modo, nessuno risalirebbe a noi. In cambio, verresti pagato come al solito e potresti raggiungere il Tagikistan in tutta sicurezza."

Quando gli traduco quelle parole, Esguerra sorride freddamente. "Tutto qui?"

"Inoltre, preferiremmo che evitassi qualsiasi rapporto con l'Ucraina in questo momento" dice Buschekov. "Non si può tenere il piede in due staffe."

Faccio del mio meglio per tradurre l'ultima parte, anche se in inglese non suona così incisiva. Mi sforzo di ricordare ogni singola parola a memoria, in modo da poterla riferire a Obenko più tardi. Questo è esattamente ciò che il mio capo sperava che io sentissi. O meglio, ciò che temeva che io sentissi.

"Temo che avrò bisogno di un compenso aggiuntivo per questo" dice Esguerra. "Come sai, di solito non prendo posizione in questi tipi di conflitti."

"Sì, così ci è stato detto." Buschekov prende un pezzo di *selyodka*—pesce salato—con la forchetta e lo mastica lentamente, mentre guarda il trafficante d'armi. "Forse potresti riconsiderare quella posizione nel nostro caso. L'Unione Sovietica non c'è più, ma la nostra influenza in questa regione è ancora abbastanza consistente."

"Sì, lo so. Perché pensi che io sia qui in questo momento?" Il sorriso di Esguerra mi ricorda uno squalo. "Ma la neutralità è un bene troppo prezioso per rinunciarci. Sono certo che tu capisca."

Lo sguardo di Buschekov si fa più tagliente. "Lo capisco. Posso offrirti il venti percento in più rispetto al solito pagamento per la collaborazione."

"Il venti percento? Dopo aver tagliato i miei potenziali profitti a metà?" Esguerra ride tra sé e sé. "Non credo proprio."

Dopo che ho tradotto, Buschekov si versa un po' di vodka e la agita nel bicchiere, guardandomi, pensieroso. "Il venti percento in più e il terrorista di Al-Quadar nelle tue mani" dice qualche istante dopo. "Questa è la nostra ultima offerta."

Traduco le sue parole e rivolgo un'altra rapida occhiata all'uomo biondo, inspiegabilmente curiosa di vedere la sua reazione. Lucas Kent non ha detto una parola per tutto questo tempo, ma suppongo che abbia visto tutto, assimilando ogni cosa.

Suppongo che abbia visto me.

Sospetta qualcosa o è semplicemente attratto? In entrambi i casi, sono preoccupata. Gli uomini come lui sono pericolosi, e ho la sensazione che lui possa essere più pericoloso degli altri.

"Affare fatto, allora" dice Esguerra, e mi rendo conto che è tutto vero. Accadrà quello che Obenko temeva. I russi otterranno le armi per i cosiddetti combattenti della libertà, e il disastro in Ucraina raggiungerà proporzioni epiche.

Oh, beh. Questo è un problema di Obenko, non certo mio. Tutto quello che devo fare è sorridere, essere carina e tradurre—cosa che faccio per il resto del pasto.

Terminata la riunione, Buschekov rimane nel ristorante per parlare con il proprietario, e io esco con Esguerra e Kent.

Non appena mettiamo un piede fuori, la morsa del freddo mi attanaglia. Il cappotto che indosso è elegante, ma poco adatto all'inverno russo. Il freddo attraversa la lana e mi penetra nelle ossa. Pochi secondi dopo, i miei piedi si trasformano in ghiaccioli, e le suole sottili delle mie scarpe col tacco alto servono a poco per proteggerli dal terreno congelato.

"Vi dispiacerebbe darmi un passaggio fino alla metropolitana più vicina?" chiedo, mentre Esguerra e Kent si avvicinano alla loro auto. So che si vede che ho i brividi, e conto sul fatto che nemmeno dei criminali senza scrupoli lascerebbero morire di freddo una bella donna senza una buona ragione. "Dovrebbe essere a circa dieci isolati da qui."

Esguerra mi studia per un secondo, poi fa cenno a Kent. "Perquisiscila" ordina bruscamente.

Il mio battito cardiaco accelera mentre l'uomo biondo mi si avvicina. Il suo volto rigido è privo di emozioni, e la sua espressione non cambia neanche quando le sue grandi mani esplorano il mio corpo dalla testa ai piedi. È una classica perquisizione—non cerca di palpeggiarmi o qualcosa del genere—ma quando finisce, tremo per un motivo diverso, con il freddo dentro di me acuito da un aumento di sgradita consapevolezza.

No. Mi sforzo di respirare lentamente. Non è questa la reazione di cui ho bisogno. Non è questo l'uomo a cui devo reagire.

"È pulita" dice Kent, allontanandosi da me, e faccio del mio meglio per controllare il mio respiro.

"Va bene, allora." Esguerra apre la portiera della macchina per me. "Sali."

Salgo e mi siedo accanto a lui nella parte posteriore, ringraziando mentalmente Kent per essersi seduto nella parte anteriore, accanto al conducente. Finalmente sono nella giusta posizione per fare la mia mossa.

"Grazie" dico, rivolgendo a Esguerra il mio sorriso più caloroso. "Lo apprezzo molto. Questo è uno degli inverni peggiori degli ultimi anni."

Con mia grande delusione, noto che non c'è neanche un barlume di interesse sul bel viso del trafficante d'armi. "Nessun problema" dice, tirando fuori il cellulare. Scorgo un sorriso sulle sue labbra sensuali, mentre legge un messaggio e comincia a digitare la risposta.

Lo studio, chiedendomi cosa possa averlo messo così di buon umore. Un affare andato a buon fine? Un'offerta migliore del previsto da parte di un fornitore? Di qualunque cosa si tratti, lo sta distraendo da me, e questo non va bene.

"Rimarrai qui a lungo?" chiedo, con voce dolce e seducente. Quando mi guarda, sorrido di nuovo e incrocio le gambe—la cui lunghezza è enfatizzata dalle calze di seta nere che indosso. "Potrei farti visitare la città, se vuoi." Mentre parlo, lo guardo negli occhi, rendendo il mio sguardo più sexy che mai. Gli uomini non capiscono la differenza tra questo e il sincero desiderio; purché una donna lo faccia sembrare reale, loro credono che lo sia.

E a dir la verità, la maggior parte delle donne *vorrebbe* quest'uomo. È più che bello—stupendo, in realtà. Le donne farebbero di tutto per avere la possibilità di andarci a letto, nonostante quell'oscura crudeltà che sento viva in lui. Il fatto che non reagisca è il mio problema, uno su cui dovrò lavorare se voglio portare a termine la mia missione.

Non so se Esguerra senta che qualcosa non va o se semplicemente non sono il suo tipo, ma invece di accettare la mia offerta, mi rivolge un sorrisetto. "Grazie per l'invito, ma ripartiremo presto, e temo di essere troppo stanco per rendere giustizia alla bellezza della tua città stasera."

Cazzo. Nascondo la delusione e ricambio il sorriso. "Certo. Se dovessi cambiare idea, sai dove trovarmi." Non c'è nient'altro che io possa dire senza destare sospetti.

L'auto accosta davanti alla mia fermata della metropolitana, e io scendo, pensando a come spiegare il mio fallimento.

Non mi ha voluta? Sì, questo potrebbe andare bene.

Sospirando, stringo il cappotto intorno al petto e mi precipito nella metropolitana sotterranea, determinata per lo meno a non sentire più freddo.

2

---

yulia

La prima cosa che faccio quando arrivo a casa è chiamare il mio capo e raccontargli tutto quello che ho scoperto.

"Quindi, è come sospettavo" dice Vasiliy Obenko quando ho finito. "Useranno Esguerra per armare quei ribelli del cazzo a Donetsk."

"Sì." Mi tolgo le scarpe e vado in cucina per prepararmi il tè. "E Buschekov ha preteso l'esclusività, quindi ora Esguerra è completamente alleato con i russi."

Obenko si lascia sfuggire una serie di imprecazioni, la maggior parte delle quali includono una combinazione di cazzo, troie e puttane. Lo lascio sfogare, mentre verso l'acqua in un bollitore elettrico e lo accendo.

"Va bene" dice Obenko, dopo essersi calmato un po'. "Lo vedrai stasera, non è vero?"

Faccio un respiro. Ora viene la parte sgradevole. "Non esattamente."

"Non esattamente?" La voce di Obenko diventa pericolosamente calma. "Che cazzo vuol dire?"

"Gliel'ho offerto, ma non era interessato." È sempre meglio dire la verità in questo genere di situazioni. "Ha detto che sarebbero andati via presto e che era troppo stanco."

Obenko ricomincia a imprecare. Ne approfitto per aprire una bustina di tè, la metto in una tazza e ci verso sopra dell'acqua bollente.

"Sei sicura che non lo rivedrai?" chiede, dopo aver finito con le imprecazioni.

"Abbastanza sicura, sì." Soffio sul mio tè per farlo raffreddare. "Non era interessato."

Obenko resta in silenzio per qualche istante. "Va bene" dice alla fine. "Hai incasinato tutto, ma ci occuperemo di questo un'altra volta. Per il momento, dobbiamo capire cosa fare con Esguerra e le armi che inonderanno il nostro Paese."

"Eliminarlo?" suggerisco. Il mio tè è ancora un po' troppo caldo, ma ne bevo comunque un sorso, godendo del calore che mi attraversa la gola. È un piacere semplice, ma le cose migliori della vita sono sempre semplici. L'odore dei lillà in fiore in primavera, la morbidezza del mantello di un gatto, la succosa dolcezza di una fragola matura—ho imparato ad apprezzare queste cose negli ultimi anni, a spremere ogni goccia di gioia dalla vita.

"Più facile a dirsi che a farsi." Obenko sembra frustrato. "È più protetto di Putin."

"Hmm." Bevo un altro sorso di tè e chiudo gli occhi, assaporandone il gusto, questa volta. "Sono certa che troverai una soluzione."

"Quando ha detto che sarebbe andato via?"

"Non l'ha specificato. Ha detto solo 'presto.'"

"Va bene." Tutto d'un tratto, Obenko sembra impaziente. "Se dovesse contattarti, fammelo sapere subito."

E prima che io possa rispondere, riattacca.

Visto che ho la serata libera, decido di fare un bagno. La mia vasca, come il resto di questo appartamento, è piccola e squallida, ma ho visto di peggio. Limito la bruttezza dell'angusto bagno mettendo un paio di candele profumate sul lavandino e creando delle bolle con l'acqua, e poi entro, lasciandomi sfuggire un sospiro beato per il calore che mi inghiotte tutta.

Se fosse per me, starei sempre al caldo. Chiunque abbia detto che l'inferno è caldo, si sbaglia di grosso. L'inferno è freddo.

Freddo come l'inverno russo.

Mi godo il bagno, fin quando qualcuno suona il campanello. Il battito del mio cuore accelera immediatamente e l'adrenalina mi pompa nelle vene.

Non sto aspettando nessuno, il che significa che sono nei guai.

Saltando fuori dalla vasca, mi avvolgo un asciugamano intorno e mi precipito fuori dal bagno, per poi raggiungere la stanza principale del monolocale. I vestiti che mi sono tolta sono ancora sul letto, ma non ho tempo per indossarli. Così, mi metto un accappatoio e prendo una pistola dal cassetto del comodino.

Poi, faccio un respiro profondo e mi avvicino alla porta, puntandoci l'arma contro.

"Chi è?" grido, fermandomi a un paio di metri dall'ingresso dell'appartamento. La mia porta è rinforzata e in acciaio, ma il buco della serratura non lo è. Qualcuno potrebbe spararci dentro.

"Sono Lucas Kent." La profonda voce che parla in inglese mi spaventa così tanto che la pistola mi trema nella mano. Il mio cuore salta un battito e una debolezza particolare ha la meglio sulle mie ginocchia.

Cosa ci fa qui? Esguerra ne sa qualcosa? Qualcuno mi ha tradita? Quelle domande mi frullano nella testa, facendomi battere il cuore ancora più all'impazzata, ma poi ritrovo la linea di condotta più ragionevole.

"Di cosa si tratta?" chiedo, facendo del mio meglio per tenere la voce ferma. C'è solo una spiegazione alla presenza di Kent che non comporti la mia uccisione: Esguerra ha cambiato idea. In questo caso, devo comportarmi come la civile innocente che dovrei essere.

"Vorrei parlarti" dice Kent, e sento un accenno di divertimento nella sua voce. "Apri la porta o continueremo a parlare con otto centimetri di acciaio che ci separano?"

Cazzo. A quanto pare, non è stato Esguerra a mandarlo qui.

Valuto rapidamente le mie alternative. Posso restare chiusa all'interno dell'appartamento sperando che non riesca a entrare—né a catturarmi quando uscirò, visto che dovrò farlo inevitabilmente—oppure posso sfruttare il fatto che non sa chi sono e stare al gioco.

"Come mai vuoi parlare con me?" chiedo, prendendo tempo. È una domanda ragionevole. Qualsiasi donna in questa situazione sarebbe prudente, non solo chi ha qualcosa da nascondere. "Che cosa vuoi?"

"Te."

Quella parola, pronunciata con la sua voce profonda, mi colpisce come un pugno. I miei polmoni smettono di funzionare, e guardo la porta, colta da un panico irrazionale. Non mi ero sbagliata, allora, quando mi sono chiesta se fosse attratto da me—se la ragione per cui continuava a guardarmi potesse essere semplice come la biologia umana in azione.

Sì, assolutamente. Mi vuole.

Mi sforzo di riprendere a respirare. Questo dovrebbe essere un sollievo. Non c'è alcun motivo di entrare nel panico. Gli uomini mi vogliono da quando avevo quindici anni, e ho imparato ad accettarlo. A sfruttare la loro lussuria a mio vantaggio. Questa volta non è diverso.

A parte il fatto che Kent è un uomo più duro, più pericoloso di molti altri.

No. Metto a tacere quella vocina e faccio un respiro profondo, abbassando l'arma. Mentre lo faccio, intravedo me stessa nello specchio del corridoio. Gli occhi azzurri sono sgranati sul mio pallido viso, e i miei capelli sono tirati su in modo disordinato, con dei boccoli umidi che mi cadono sul collo. Con l'accappatoio di spugna avvolto con noncuranza intorno a me e la pistola in mano, non sembro affatto la giovane donna elegante che ha cercato di sedurre il capo di Kent.

Giungendo a una decisione, grido: "Un minuto solo." Potrei cercare di negare l'ingresso di Lucas Kent in casa mia—non sarebbe troppo sospetto per una donna sola— ma la cosa più intelligente sarebbe quella di sfruttare questa opportunità per ottenere qualche informazione.

Posso almeno cercare di scoprire quando partirà Esguerra e riferirlo a Obenko, facendomi in parte perdonare per il mio precedente fallimento.

Muovendomi rapidamente, nascondo la pistola in un cassetto sotto lo specchio del corridoio e sciolgo i capelli, lasciando che le mie grosse ciocche bionde mi cadano lungo la schiena. Mi sono già struccata, ma ho la pelle chiara e le mie ciglia sono marroni naturali, quindi non ho un pessimo aspetto. Se non altro, sembro più giovane, più innocente così.

Più come se fossi "la ragazza della porta accanto," come dicono gli americani.

Certa di essere ragionevolmente presentabile, mi avvicino alla porta e la sblocco, cercando di ignorare il pesante battito frenetico del mio cuore.

yulia

Non appena la porta si apre, entra nel mio appartamento. Nessuna esitazione, nessun saluto—semplicemente entra.

Sorpresa, faccio un passo indietro, nel breve corridoio stretto che improvvisamente sembra troppo soffocante. Mi ero dimenticata di quanto fosse grosso, di quanto fossero larghe le sue spalle. Sono alta per essere una donna—abbastanza alta da fingere di essere una modella, se un incarico lo richiedesse—ma lui mi supera di una trentina di centimetri. Con il giaccone pesante che indossa, occupa quasi l'intero corridoio.

Ancora senza dire una parola, chiude la porta alle sue spalle e mi si avvicina. Istintivamente, mi ritraggo, sentendomi come una preda in trappola.

"Ciao, Yulia" mormora, fermandosi, appena usciamo dal corridoio. Il suo sguardo ceruleo è concentrato sul mio volto. "Non mi aspettavo di vederti in questo modo."

Deglutisco, con il cuore che mi batte all'impazzata. "Ho appena fatto un bagno." Voglio sembrare calma e sicura, ma mi ha letteralmente colta alla sprovvista. "Non mi aspettavo delle visite."

"No, me ne rendo conto." Un lieve sorriso appare sulle sue labbra, addolcendo i lineamenti duri della sua bocca. "Eppure, mi hai lasciato entrare. Perché?"

"Perché non volevo continuare a parlare dietro la porta." Faccio un respiro per calmarmi. "Posso offrirti un tè?" È una cosa stupida da dire, visto il motivo per cui è venuto, ma ho bisogno di qualche istante per riprendermi.

Solleva le sopracciglia. "Tè? No grazie."

"Allora, posso prendere il tuo giaccone?" Non riesco a smettere di comportarmi da brava padrona di casa, agendo con gentilezza per nascondere la mia ansia. "Fa piuttosto caldo qui dentro."

Un accenno di divertimento prende vita nel suo sguardo freddo. "Certo." Si toglie il giaccone e me lo porge. Rimane con un maglione nero e un paio di jeans scuri infilati negli stivali neri. I jeans gli stringono le gambe, mettendo in risalto cosce muscolose e polpacci forti, e sulla sua cinta vedo una pistola nella fondina.

Irrazionalmente, il mio respiro accelera a quella vista, e ci vuole un grande sforzo per impedire alle mie mani di tremare, mentre prendo il giaccone e lo appendo al mio piccolo armadio. Non mi sorprende che sia armato—sarei scioccata se non lo fosse—ma la pistola mi ricorda chi è Lucas Kent.

Che cosa è.

Non è un grosso problema, mi dico, cercando di calmare i miei nervi scossi. Sono abituata agli uomini pericolosi. Sono cresciuta in mezzo a loro. Quest'uomo non è molto diverso. Dormirò con lui, otterrò tutte le informazioni possibili e poi scomparirà dalla mia vita.

Sì, ecco cosa farò. Prima lo farò, prima tutto questo sarà finito.

Chiudendo la porta dell'armadio, mi stampo un bel sorriso sul viso e mi volto verso di lui, finalmente pronta a riprendere il ruolo della seduttrice sicura di sé.

Ma nel frattempo è già accanto a me, dopo aver attraversato la stanza senza fare il minimo rumore.

Il cuore riprende a battermi forte, e la mia ritrovata compostezza ricomincia ad abbandonarmi. È così vicino che posso vedere le striature grigie nei suoi occhi azzurri, così vicino che potrebbe toccarmi.

E un attimo dopo, mi tocca davvero.

Sollevando la mano, fa scorrere il retro delle sue nocche sulla mia mascella.

Lo fisso, confusa dalla reazione immediata del mio corpo. La mia pelle si scalda e i capezzoli si induriscono, con il respiro che accelera. Non ha senso che questo duro e spietato estraneo mi ecciti così tanto. Il suo capo è più bello, più attraente, eppure il mio corpo reagisce a Kent. Tutto quello che ha toccato finora è il mio viso. Non dovrebbe significare niente, eppure in qualche modo è un tocco intimo.

Intimo e inquietante.

Deglutisco di nuovo. "Signor Kent—Lucas—sei sicuro che non posso offrirti qualcosa da bere? Forse un caffè o—"

Le mie parole si affievoliscono in un rantolo senza fiato, quando raggiunge la cintura del mio accappatoio e la tira, con la stessa disinvoltura con cui si scarterebbe un pacco.

"No." Guarda il mio accappatoio che si apre, mostrando il mio corpo nudo. "Niente caffè."

E poi mi tocca per davvero, con il suo grande palmo della mano che mi afferra il seno. Le sue dita sono callose, ruvide. Fredde, dato che è stato fuori. Il suo pollice indugia sul mio capezzolo indurito, e sento un calore che cresce nel profondo del mio intimo, un bisogno che sembra sconosciuto come il suo tocco.

Combattendo la voglia di tirarmi indietro, mi bagno le labbra secche. "Sei molto diretto, non è vero?"

"Non ho tempo per i giochini." I suoi occhi brillano, mentre il suo pollice mi accarezza di nuovo il capezzolo. "Sappiamo entrambi perché sono qui."

"Per fare sesso con me."

"Sì." Non perde tempo a indorarmi la pillola, e non mi offre altro che la verità. Continua a stringermi il seno, toccando la mia carne nuda come se fosse un suo diritto. "Per fare sesso con te."

"E se ti dicessi di no?" Non so perché gli stia chiedendo questo. Le cose non dovrebbero andare così. Dovrei sedurlo, non cercare di respingerlo. Eppure, qualcosa dentro di me si ribella alla sua convinzione che io sia sua. Altri uomini hanno avuto questa convinzione in passato, e questo non mi ha dato altrettanto fastidio. Non so cosa ci sia di diverso questa volta, ma voglio che stia lontano da me, che smetta di toccarmi. Lo voglio così tanto che le mie mani formano un pugno lungo i fianchi e i miei muscoli si contraggono dalla voglia di combattere.

"Stai dicendo di no?" pronuncia quella domanda lentamente, facendo dei cerchi con il pollice sulla mia areola. Mentre cerco una risposta, fa scivolare l'altra mano nei miei capelli, afferrandomi la parte posteriore del cranio in modo possessivo.

Lo fisso, senza fiato. "E se fosse così?" Con mio grande disgusto, la voce che mi esce è debole e spaventata. È come se fossi di nuovo vergine, messa alle strette nello spogliatoio dal mio addestratore. "Te ne andresti?"

Piega un angolo della bocca per un mezzo sorriso. "Secondo te?" Stringe le dita tra i miei capelli, abbastanza da provocarmi un accenno di dolore. L'altra mano, quella sul mio seno, è ancora delicata, ma non importa.

Ho ottenuto la mia risposta.

Così, quando stacca la mano dal mio seno e la fa scivolare verso il basso, sulla mia pancia, non resisto. Anzi, apro le gambe, permettendogli di toccare la mia figa liscia appena depilata. E quando il suo dito duro e schietto spinge dentro di me, non cerco di ritrarmi. Resto ferma, cercando di controllare il mio respiro frenetico, cercando di convincermi che questo non è diverso da qualsiasi altro incarico.

Ma so che lo è.

Non voglio che lo sia, ma è così.

"Sei bagnata" mormora, fissandomi, mentre spinge il dito più in profondità. "Molto bagnata. Sei sempre così bagnata con gli uomini che non desideri?"

"Che cosa ti fa pensare che non ti desideri?" Con mio grande sollievo, la mia voce è più sicura questa volta. La domanda che esce è rilassata, quasi divertita, mentre sorreggo il suo sguardo. "Ti ho lasciato entrare, no?"

"Sei venuta per *lui*." Kent serra la mascella, e sposta la mano sul retro della mia testa, stringendo i miei capelli in un pugno. "Volevi *lui* oggi."

"Sì." La dimostrazione tipicamente maschile della gelosia mi rassicura, mettendomi su un terreno più familiare. Riesco ad addolcire il tono, rendendolo più seducente. "E ora voglio te. Ti dà fastidio?"

Kent socchiude gli occhi. "No." Spinge un secondo dito dentro di me e contemporaneamente affonda il pollice nel mio clitoride. "Per niente."

Vorrei dire qualcosa di intelligente, trovare una risposta brillante, ma non ci riesco. La scossa di piacere è forte e travolgente. I miei muscoli interni si contraggono, stringendo le sue ruvide dita che mi invadono, e devo sforzarmi per non gemere ad alta voce dalle sensazioni che mi suscitano. Involontariamente, alzo le mani, afferrandogli l'avambraccio. Non so se sto cercando di respingerlo o spingerlo a continuare, ma non importa. Sotto la morbida lana del maglione, il suo braccio è pieno di muscoli d'acciaio. Non posso controllare i suoi movimenti—tutto quello che posso fare è tenerlo, mentre spinge più in profondità dentro di me con quelle dure dita spietate.

"Ti piace, non è vero?" mormora, sorreggendo il mio sguardo, e io ansimo quando comincia a sfiorarmi il clitoride con il pollice, da una parte all'altra, poi su e giù. Piega le dita dentro di me, e sopprimo un gemito, mentre tocca un punto che provoca una fitta ancora più forte alle mie terminazioni nervose. Una tensione comincia a crescere dentro di me, con il piacere che si intensifica, e mi accorgo, scioccata, di essere sull'orlo dell'orgasmo.

Il mio corpo, di solito così lento a reagire, palpita dall'ardente bisogno al semplice tocco di un uomo che mi spaventa—un'evoluzione che mi stupisce e innervosisce al tempo stesso.

Non so se me lo legga in faccia o se percepisca la contrazione del mio corpo, ma le sue pupille si dilatano, con i suoi occhi chiari che si oscurano. "Sì, ecco." La sua voce è un rombo basso e profondo. "Vieni per me, bellissima"—il suo pollice spinge duramente nel mio clitoride—"proprio così."

E lo faccio. Con un gemito strozzato, raggiungo il culmine attorno alle sue dita, con i bordi duri delle sue unghie corte che scavano nella mia carne in subbuglio. Mi si appanna la vista, e la mia pelle va in fiamme, mentre cavalco l'ondata delle sensazioni per poi arrendermi alla sua presa, tenuta in piedi solo dalla sua mano tra i miei capelli e dalle sue dita dentro il mio corpo.

"Ecco" dice a denti stretti, e quando riacquisto la vista, mi accorgo che mi sta guardando intensamente. "È stato bello, non è vero?"

Non riesco nemmeno ad annuire, ma non sembra aver bisogno della mia conferma. E perché dovrebbe? Sento la vischiosità dentro di me, l'umidità che ricopre quelle ruvide dita maschili—dita che ritrae lentamente, guardandomi in faccia per tutto il tempo. Vorrei chiudere gli occhi o per lo meno distogliere lo sguardo da quegli occhi penetranti, ma non ci riesco.

Non senza fargli capire quanto mi spaventa.

Così, invece di tirarmi indietro, lo studio a mia volta, vedendo i segni dell'eccitazione sui suoi lineamenti duri. La sua mascella è serrata mentre mi fissa, con un piccolo muscolo che pulsa accanto al suo orecchio destro. E nonostante l'abbronzatura della sua pelle, scorgo il rossore sugli zigomi affilati.

Mi vuole follemente—e quella consapevolezza mi spinge ad agire.

Abbassandomi, afferro il rigonfiamento del cavallo dei suoi jeans. "È *stato* bello" sussurro, guardandolo. "E adesso tocca a te."

Le sue pupille si dilatano ancora di più, e il suo torace si espande per un respiro profondo. "Sì." La sua voce è carica di lussuria, quando sfrutta la presa sui miei capelli per tirarmi a sé. "Sì, credo di sì." E prima che io possa riflettere sulla mia palese provocazione, abbassa la testa e cattura la mia bocca con la sua.

Ansimo, separando le labbra dalla sorpresa, e lui prende subito il sopravvento, approfondendo il bacio. La sua bocca apparentemente dura è sorprendentemente morbida sulla mia, le sue labbra sono calde e lisce, mentre la sua lingua esplora avidamente l'interno della mia bocca. C'è abilità e sicurezza in quel bacio; è il bacio di un uomo che sa come soddisfare una donna, come sedurla con il semplice tocco delle sue labbra.

Il calore dentro di me si intensifica e la tensione cresce ancora una volta. Mi sta stringendo così forte che i miei seni nudi spingono sul suo maglione, con la lana che mi sfrega i capezzoli appuntiti. Sento la sua erezione attraverso il materiale grezzo dei jeans; spinge nel mio basso ventre, rivelandomi quanto mi desideri, quanto sia debole la sua pretesa di controllo. Mi rendo vagamente conto che l'accappatoio mi è caduto dalle spalle, lasciandomi completamente nuda, e poi dimentico tutto, quando emette un basso ringhio profondo con la gola e mi spinge contro il muro.

Lo shock della superficie fredda alle mie spalle mi schiarisce le idee per un secondo, ma si sta già tirando giù la lampo dei jeans, infilando le ginocchia tra le mie gambe e aprendole, mentre alza la testa per guardarmi. Sento il rumore dello strappo di una bustina di preservativi che si apre, e poi mi prende il sedere e mi solleva da terra. Afferro istintivamente le sue spalle, con il battito del mio cuore che accelera mentre mi ordina con voce roca: "Avvolgi le gambe intorno a me"—e mi sistema sul suo cazzo duro, sostenendo il mio sguardo per tutto il tempo.

La sua spinta è dura e profonda, e mi penetra fino in fondo. Resto senza fiato per la sua forza, per la sfacciata brutalità dell'invasione. I miei muscoli interni si stringono intorno a lui, cercando inutilmente di allontanarlo. Il suo cazzo è grosso come tutto il resto di lui, così grande e spesso che mi dilata fino a provocarmi dolore. Se non fossi stata così bagnata, mi avrebbe lacerata. Ma *sono* bagnata, e dopo qualche istante, il mio corpo comincia a rilassarsi, ad adattarsi al suo spessore. Inconsciamente, alzo le gambe, stringendogli i fianchi come mi ha ordinato, e la nuova posizione gli permette di scivolare ancora più in profondità dentro di me, facendomi gridare per quella intensa sensazione.

Comincia a muoversi, con gli occhi che brillano mentre mi fissa. Ogni spinta è dura come quella che ci ha uniti, ma il mio corpo non cerca più di opporsi. Anzi, produce più umidità, facilitando la sua strada. Ogni volta che sbatte dentro di me, il suo inguine spinge sul mio sesso, facendo pressione sul mio clitoride, e la tensione nel mio intimo riaffiora, crescendo secondo dopo secondo. Stordita, mi rendo conto che sto per raggiungere il secondo orgasmo... e poi lo raggiungo, con la tensione che esplode, confondendomi i pensieri ed elettrizzando le terminazioni nervose.

Sento le mie pulsazioni, il modo in cui i miei muscoli stringono e lasciano andare il suo cazzo, e poi vedo i suoi occhi perdere la concentrazione, mentre smette di spingere. Un profondo gemito roco gli sfugge dalla gola mentre mi frantuma, e mi rendo conto che anche lui ha raggiunto l'orgasmo, con il mio che lo manda in estasi.

Con il petto ansante, lo guardo, vedendo i suoi occhi azzurri di nuovo concentrati su di me. È ancora dentro di me e, tutto d'un tratto, quell'intimità è insopportabile. Non è nessuno per me, è solo uno sconosciuto, eppure mi ha scopata.

Mi ha scopata, e io gli ho permesso di farlo, perché è il mio lavoro.

Deglutendo, spingo sul suo petto, staccando le gambe dalla sua vita. "Ti prego, lasciami andare." So che dovrei fargli le fusa e cullare il suo ego. Dovrei dirgli che è stato straordinario, che mi ha soddisfatta più di chiunque altro. E non sarebbe nemmeno una bugia—non ero mai venuta due volte con un uomo prima d'ora. Ma non posso farlo. Mi sento troppo esposta, troppo nuda.

Con quest'uomo, non ho alcun tipo di controllo, e ciò mi spaventa.

Non so se lo percepisca o se voglia solo giocare con me, ma gli appare un sorriso sardonico sulle labbra.

"È troppo tardi per i rimorsi, bellissima" mormora, e prima che io possa rispondere, mi lascia andare e allenta la presa sul mio sedere. Il suo cazzo afflosciato scivola fuori dal mio corpo, quando fa un passo indietro, e lo guardo, con il respiro ancora irregolare, mentre toglie casualmente il preservativo, facendolo cadere sul pavimento.

Per qualche ragione, la sua azione mi fa arrossire. C'è qualcosa di così sbagliato, di così sporco in quel preservativo lì per terra. Forse è perché mi sento come quel preservativo: usata e gettata via. Vedendo il mio accappatoio sul pavimento, mi sposto per raccoglierlo, ma la mano di Lucas sul mio braccio mi impedisce di farlo.

"Che cosa stai facendo?" chiede, guardandomi. Non sembra minimamente preoccupato del fatto che i suoi jeans abbiano ancora la cerniera abbassata e che il suo cazzo sia in bella mostra. "Non abbiamo ancora finito."

Il mio cuore salta un battito. "No?"

"No" dice, avvicinandosi. Con mio grande shock, lo sento indurirsi sul mio stomaco. "Nemmeno lontanamente."

E tirandomi il braccio, mi trascina verso il letto.

yulia

Con la mente in subbuglio, mi siedo sul bordo del letto e osservo Lucas spogliarsi.

Per prima cosa, si toglie il maglione, mostrando una maglietta aderente sul torace muscoloso. Poi, si toglie le scarpe e tira giù i jeans e gli slip neri. Le sue gambe sono potenti come mi erano sembrate con i vestiti addosso, muscolose e abbronzate come il suo viso. Il suo cazzo, di nuovo duro, fa capolino da un nido di peli castano-biondi sul suo inguine, e mentre si toglie la maglietta, vedo i suoi addominali perfettamente definiti e il torace scultoreo.

Lucas Kent ha il fisico di un atleta, stupendo nella sua forza sfacciata.

Mentre lo guardo, mi rendo conto di una strana voglia di toccarlo. Non nel tentativo di soddisfarlo o perché è quello che ci si aspetta da me, ma perché voglio farlo. Voglio sentire i suoi muscoli sotto le mie dita, voglio scoprire se la sua pelle abbronzata è liscia o ruvida. Voglio leccargli il collo, passare la lingua sulla cavità sopra la clavicola e assaporare quella pelle dall'aspetto caldo.

Non ha senso, ma lo voglio. Lo voglio, anche se sono dolorante dopo quella dura scopata, anche se lui dovrebbe essere un incarico, niente di più.

Esce dai jeans e li spinge da una parte, poi viene verso di me. Non mi muovo, mentre si avvicina. Respiro a malapena. Quando è accanto a me, si ferma e si abbassa. "Sdraiati di schiena" mormora, afferrandomi per i polpacci, e prima che io possa rendermi conto di cosa sta facendo, mi tira verso di sé, senza fermarsi fin quando il mio sedere non sporge dal materasso.

"Che cosa stai—" comincio a dire, ma mi ignora, usando la forte mano per spingermi sul materasso. Cado sulla schiena, con il cuore che mi batte all'impazzata, e poi lo sento.

Sento il suo respiro caldo sul mio sesso, mentre mi allarga le cosce.

Il mio respiro accelera di nuovo, con il calore che cresce, mentre mi dà un bacio sulle pieghe chiuse, con labbra soffici e dolci. Applica una lieve pressione sul mio clitoride, ma sono così sensibile per via dei precedenti orgasmi che basta quel leggero tocco a mandarmi in estasi. Ansimo, inarcandomi, e lui ride sottovoce, con quel verso basso e mascolino che emana vibrazioni che mi penetrano nella carne, acuendo il dolore che sento dentro.

"Lucas, aspetta." Sono senza fiato, in preda al panico dal bisogno che mi suscita. Il soffitto si appanna davanti ai miei occhi. "Aspetta, non—"

Mi ignora ancora una volta, leccandomi la fessura e cercando l'apertura. Mentre comincia a scoparmi con la lingua, dimentico quello che stavo per dire. Dimentico tutto. Chiudo gli occhi, e il mondo intorno a me scompare, lasciando solo l'oscurità e la sensazione della sua lingua che entra ed esce dalla mia figa bagnata. Il fuoco che brucia dentro di me è incandescente, con la mia carne così gonfia e sensibile che la sua lingua sembra grande quanto il cazzo. Tranne per il fatto che è più morbida, più flessibile—e quando sposta quella lingua più in alto, intorno al clitoride, mi irrigidisco, sentendomi come una corda che viene stretta sempre di più.

"Lucas, ti prego…" Le parole mi escono come un gemito supplichevole. Non so cosa gli stia chiedendo, ma lui sembra saperlo—perché serra le labbra intorno al mio clitoride palpitante e lo succhia. Leggermente, delicatamente, usando solo le labbra, mentre la lingua bagna la parte inferiore. Ed è sufficiente. È più che sufficiente. Arriccio le dita dei piedi, con la tensione che si raccoglie in una palla che pulsa nel mio sesso, quando mi inarco—e poi vengo con un grido soffocato, mentre l'orgasmo esplode dentro di me con una forza sorprendente. Ogni cellula del mio corpo è riempita dal piacere dell'orgasmo, e il cuore mi sussulta nel petto.

Prima che io possa riprendermi, mi fa girare sullo stomaco, piegandomi sul bordo del letto. Poi sento strappare un'altra bustina e, un attimo dopo, spinge dentro di me, con il suo cazzo grosso che mi dilata ancora una volta. Ansimo, aggrappandomi alle lenzuola, mentre mi prende con un ritmo duro e veloce, spingendo dentro di me così forte che dovrebbe farmi male—se non fosse per il fatto che il mio corpo ormai ha superato quel momento. Tutto quello che sento è il bisogno. Sono inebriata, e godo delle sensazioni che mi suscita. Mentre sbatte dentro di me, i suoi movimenti spingono il mio sesso sul bordo del materasso, esercitando una pressione ritmica sul mio clitoride, e io esplodo di nuovo, gridando il suo nome. Ma non si ferma.

Continua a scoparmi, scavando con le dita nei miei fianchi, mentre spinge dentro di me, più e più volte.

Mi sveglio aggrovigliata a lui, con i nostri corpi incollati a causa del sudore appiccicoso. Non ricordo di essermi addormentata nel suo abbraccio, ma devo averlo fatto, perché è lì che mi trovo in questo momento, circondata dal suo corpo potente.

È buio, e lui sta dormendo. Lo sento respirare e sento il suo petto che sale e scende, avendo la testa poggiata sulla sua spalla. Ho la bocca secca e la vescica piena, così cerco di scivolare sotto il suo braccio pesante, che si irrigidisce immediatamente attorno a me.

"Dove stai andando?" La voce di Lucas è roca, assonnata.

"Al bagno" spiego con cautela. "Devo fare la pipì."

Alza il braccio e toglie la gamba dai miei polpacci. "Va bene. Vai pure."

Mi alzo, sussultando dal dolore che sento in profondità. Non so per quanto tempo mi abbia scopata la seconda volta, ma sarà durato sicuramente un'ora, forse di più. Ho perso il conto delle volte in cui sono venuta, degli orgasmi fusi in un'unica interminabile ondata di alti e bassi.

Le mie gambe sono instabili, quando mi alzo, con l'interno delle cosce doloranti per essere state allungate. Dopo avermi scopata da dietro, mi ha fatta girare e mi ha afferrato le caviglie, tenendomi le gambe aperte, mentre si faceva strada dentro di me, spingendo così profondamente che l'ho supplicato di fermarsi. Non l'ha fatto, naturalmente. Ha solo spostato i fianchi, cambiando l'angolazione delle spinte per colpire quel punto sensibile dentro di me, e ho dimenticato tutto il dolore, persa nell'immenso piacere del suo duro possesso.

Respirando profondamente, mi sforzo di tornare al presente, con la vescica che mi ricorda un altro impellente bisogno. Tremando, barcollo verso il bagno e mi libero. Poi mi lavo le mani, i denti e mi spruzzo un po' d'acqua fredda sul viso, cercando di ritrovare il mio equilibrio.

Va tutto bene, mi dico, guardando il mio viso pallido nello specchio. Sta andando tutto secondo i piani. Il sesso con i fiocchi è un bonus in più, non un problema. Perché dovrei preoccuparmi se uno spietato sconosciuto riesce a farmi reagire in questo modo? Non significa nulla. Si tratta solo di scopare, un atto fisico privo di significato.

Solo che con lui non è privo di significato.

No. Chiudendo gli occhi, sopprimo quella voce e mi spruzzo altra acqua sul viso, spazzando via i miei dubbi. Ho un lavoro da svolgere, e non c'è niente di male nell'affrontare questa notte come un vantaggio di questo lavoro.

Non c'è niente di male nel lasciare che io provi piacere—purché non gli permetta di significare qualcosa.

Sentendomi marginalmente meglio, torno al letto, dove Lucas mi sta aspettando. Non appena mi sdraio accanto a lui, mi tira a sé, piegando il suo corpo intorno al mio da dietro e coprendo entrambi con una coperta. Mi lascio sfuggire un sospiro di piacere quando il suo calore mi avvolge. Quell'uomo è come una fornace, e genera un calore tale che mi sento subito bruciare, con quell'immancabile gelo dentro il mio appartamento ormai dimenticato.

"Quando partirai?" chiedo a bassa voce, mentre mi sistema più comodamente, poggiando la mia testa sul suo braccio teso e mettendo l'altro braccio sul mio fianco. È questo ciò che devo sapere da lui, ciò che devo a Obenko per il mio fallimento; eppure, qualcosa si stringe dentro di me, mentre aspetto la risposta di Lucas.

Quella fitta emotiva—non può essere dispiacere al pensiero che mi lasci.

Non avrebbe senso.

Lucas mi strofina l'orecchio. "Domani mattina" sussurra, accanto al lobo del mio orecchio. Il suo respiro invia un caldo brivido dentro di me. "Devo andarmene da qui tra un paio d'ore."

"Oh." Ignorando l'irrazionale fitta di tristezza, faccio un rapido conteggio mentale. Secondo l'orologio digitale sul mio comodino, sono appena passate le quattro. Se deve lasciare il mio appartamento verso le sei, il loro aereo dev'essere in partenza per le otto o le nove del mattino.

Obenko non ha molto tempo per fare quello che ha intenzione di fare a Esguerra.

"Non puoi rimanere più a lungo?" Giro la testa per sfiorare le labbra sul braccio teso di Lucas. È il genere di domanda che farebbe una donna che prova dei sentimenti per un uomo, quindi non temo di poter sollevare i suoi sospetti.

Ridacchia sottovoce. "No, bellissima, non posso. Dovresti esserne felice"—sposta il braccio sopra di me, facendo scivolare la mano fino al sesso—"visto che hai detto di essere molto dolorante."

Deglutisco, ricordando quanto lo abbia supplicato verso la fine della sessione di sesso, con il mio intimo in fiamme per l'intensa scopata. Stranamente, provo una rinnovata sensazione di piacere a quel ricordo—e al tocco di quella mano forte e grande tra le gambe.

"*Sono* dolorante" sussurro, sperando che si fermi e, allo stesso tempo, sperando che non lo faccia.

Con mio grande sollievo e delusione, mette di nuovo la mano sul mio fianco, anche se sento il suo cazzo muoversi sul mio culo. Quest'uomo è una macchina sessuale, inarrestabile nella sua lussuria. Secondo il fascicolo che mi è stato dato, ha trentaquattro anni. La maggior parte degli uomini che ha superato l'adolescenza non vuole fare sesso tre volte a notte. Una volta, forse due. Ma tre volte? Il suo cazzo non dovrebbe indurirsi per una provocazione così piccola.

E mi domando quanto tempo sia passato da quando Lucas Kent ha avuto una donna.

"Tornerai presto?" chiedo, scacciando quel pensiero. È ridicolo, ma l'idea che stia con altre donne—che dia loro lo stesso tipo di piacere che ha dato a me, mi fa stringere il petto in un modo sgradevole.

"Non lo so" dice, spostandosi per far incuneare più comodamente la sua erezione semidura nel mio sedere. "Un giorno, forse."

"Capisco." Fisso il buio, combattendo contro la parte di me che vorrebbe piangere come una bambina privata del suo giocattolo preferito. Tutto questo non è reale, neanche un po'. Anche se fossi davvero un'interprete, saprei che questo non è altro che un incontro occasionale. Ma non sono la ragazza facile e spensierata che fingo di essere. Non ho fatto sesso con lui per divertimento; l'ho fatto per ottenere informazioni—e adesso che le ho ottenute, devo riferire tutto a Obenko.

Mentre il respiro di Lucas si affievolisce, cosa che sta a significare che si è riaddormentato, raggiungo con prudenza il mio telefono. È poggiato sul comodino a meno di mezzo metro di distanza, e riesco ad afferrarlo senza disturbare Lucas, che mi stringe ancora accanto a sé. Ignorando la crescente oppressione al petto, digito un messaggio in codice per Obenko, facendogli sapere che Kent è con me e che hanno intenzione di partire.

Se il mio capo sta progettando di colpire Esguerra, ora è il momento migliore, visto che almeno un uomo della squadra di sicurezza di Esguerra è fuori dai piedi.

Non appena ho inviato il messaggio, lo cancello dal mio telefono e rimetto il dispositivo sul comodino. Poi, chiudo gli occhi e mi sforzo di rilassarmi accanto al corpo duro di Lucas.

Bene o male, ho svolto il mio compito.

5

lucas

Mi sveglio con la consueta sensazione di un corpo esile tra le braccia e con un vago odore di pesche nelle narici. Aprendo gli occhi, vedo una massa bionda di capelli aggrovigliati sul cuscino davanti a me, e una pallida spalla fa capolino da sotto la coperta.

Per un attimo, quella vista mi spaventa, ma poi mi ricordo.

Sto con Yulia Tzakova, l'interprete che i russi hanno assunto per l'incontro di ieri.

I ricordi di ieri sera mi tornano in mente, accelerando il flusso sanguigno.

Cazzo, è stato eccitante. Più che eccitante. Sconvolgente.

Tutto di lei è stato perfetto, con quel sesso così intenso che il solo pensiero mi eccita. Non so cosa mi aspettassi, quando mi sono presentato alla sua porta, ma sicuramente non quello che è successo ieri.

L'avevo osservata per tutta la durata dell'incontro, apprezzando il modo in cui traduceva tutto senza sforzo, con voce dolce e priva di accenti. Non mi stupisce che abbia attirato la mia attenzione. Mi sono sempre piaciute le donne alte, bionde, con le gambe lunghe, e Yulia Tzakova è stupenda, con gli occhi azzurri e il fisico esile. Non ha mangiato molto durante la cena, ha solo assaggiato qualche antipasto, ma ha bevuto il tè, e mi sono ritrovato a fissare le sue labbra rosa e lucide che toccavano il bordo della sua tazza di porcellana. . . la colonna bianca e liscia della sua gola che si muoveva mentre deglutiva. Volevo sentire quelle labbra intorno alla base del mio cazzo e vedere la sua gola muoversi mentre ingoiava il mio sperma. Volevo toglierle i vestiti eleganti e piegarla sul tavolo, per accarezzare quei lunghi capelli setosi mentre spingevo dentro di lei, scopandola fino a farla gridare e venire.

La volevo, ma lei sembrava avere occhi solo per Esguerra.

Anche ora, sapere che voleva il mio capo, mi lascia un sapore amaro in bocca. Non dovrebbe importarmene. Esguerra è sempre stato uno che piace alle donne, e questo non mi ha mai dato fastidio. Anzi, mi diverte il modo in cui le donne si gettano a suoi piedi, anche quando hanno il sospetto del tipo di uomo che è realmente. Perfino la sua nuova moglie—una bella e minuta ragazza americana che lui ha rapito quasi due anni fa—sembra essersi innamorata di lui. È logico che Yulia abbia cercato di provarci con lui—o almeno questo è quello che mi sono detto, vedendola osservare Esguerra per tutta la riunione.

Se lui l'avesse voluta, l'avrebbe presa.

Ma non l'ha *voluta*. Questo mi ha sorpreso, anche se negli ultimi due anni non l'ho mai visto provarci con nessuna donna. Gli interessa solo tornare nella sua isola privata. Ho scoperto solo pochi mesi fa che teneva lì la sua ragazza americana, quella che alla fine ha sposato. La ragazza—Nora—deve essersi presa cura dei suoi bisogni per tutto il tempo. Evidentemente continua a prendersene cura particolarmente bene, visto che Esguerra non ha rivolto a Yulia più di una rapida occhiata.

Ero altrettanto tentato di dimenticare l'interprete, prima che Esguerra mi chiedesse di perquisirla. Tremava con quel suo cappotto elegante, e ho avuto la possibilità di toccarla, di passare le mani sul suo corpo alla ricerca di armi. Non ce n'erano, ma il suo respiro è cambiato mentre la toccavo. Non mi ha guardato, non si è mossa, ma ho sentito un leggero sussulto nel suo respiro e ho visto le sue guance pallide arrossire. Fino ad allora, credevo di essere completamente insignificante per lei, ma quel momento mi ha fatto capire che mi sbagliavo, e che lei stava cercando di sopprimere quell'attrazione, per qualche motivo. Così, quando Esguerra ha declinato il suo invito, ho preso l'impulsiva decisione di prenderla io.

Solo per una notte, solo per placare l'appetito.

Non è stato difficile reperire il suo indirizzo—è bastata una telefonata a Buschekov—e mi sono presentato alla sua porta, aspettandomi di trovare la stessa giovane donna sicura di sé che aveva flirtato con il mio capo.

Ma non sono stato accolto dalla stessa persona.

Al suo posto, ho trovato una ragazza che sembrava poco più di un'adolescente, con il suo bel viso struccato e il fisico alto e snello avvolto in un accappatoio decisamente poco elegante. Mi ha lasciato entrare nel suo appartamento dopo averle detto esplicitamente che cosa volevo, ma lo sguardo nei suoi grandi occhi azzurri sembrava quello di un coniglio braccato. Per un attimo, ho dubitato che mi volesse lì; sembrava nervosa quanto il ricordato coniglio davanti a una volpe. La sua ansia era così palpabile che mi sono chiesto se non fosse stato un errore presentarmi alla sua porta, se avessi in qualche modo frainteso la portata della sua esperienza e il livello del suo interesse per me.

Un tocco solo, mi sono detto, mentre appendeva il mio giaccone. Un tocco solo, e se non mi avesse voluto, me ne sarei andato. Non ho mai costretto una donna a fare sesso in vita mia, e non avevo intenzione di cominciare con questa ragazza—una ragazza che stranamente sembrava innocente, nonostante i suoi corrotti legami con il Cremlino.

Una ragazza che volevo sempre di più ad ogni momento che passava.

Mi sono detto che mi sarei fermato a quel tocco, ma non appena l'ho toccata, ho capito di aver mentito. La sua pelle cremosa era soffice come quella di una bambina, le ossa della mascella così delicate da sembrare quasi fragili. La mia mano appariva marrone e ruvida sulla sua pallida perfezione, il mio palmo così grande che avrei potuto schiacciarle il viso con una semplice pressione delle dita.

Si è bloccata al mio tocco, e ho sentito la sua vena del collo pulsare. Quando l'avevo perquisita in precedenza, aveva un bel profumo particolare, ma ormai quello era svanito. Davanti a me, con le guance arrossate, aveva un odore di pesche e innocenza. Logicamente, sapevo che era dovuto al sapone del bagno, ma la mia bocca aveva troppa voglia di leccarla, di assaggiare quella carne profumata e dall'aroma di frutta.

Di vedere che cosa si nascondesse sotto il suo grande accappatoio poco sexy.

Ha detto qualcosa su un drink, forse sul caffè, ma non ho nemmeno badato alle sue parole, troppo preso dalla striscia di pelle visibile nella parte superiore del suo accappatoio. "No" ho detto, rispondendo con il pilota automatico: "Niente caffè," e poi ho raggiunto la cintura del suo accappatoio, con le mani che apparentemente si muovevano di propria iniziativa.

L'indumento è caduto con un leggero strattone, rivelando un corpo che sembrava essere uscito dai miei sogni proibiti. Seni a punta e sodi con capezzoli duri e rosa, una vita abbastanza piccola da poterla prendere tra le mie mani, fianchi con dolci curve e gambe molto lunghe. E tra quelle gambe, nemmeno un accenno di peli, solo la liscia collina nuda della sua figa.

Il mio cazzo si è indurito così tanto da far male.

È arrossita ancora di più, con un colorito che è apparso sia sul suo viso che sul petto, e quel poco di autocontrollo che avevo è svanito del tutto. Le ho toccato il seno, ho strofinato il pollice sul suo capezzolo e ho visto le sue pupille dilatarsi, con i suoi occhi azzurri che sono diventati ancora più scuri.

Ha reagito a me. Ancora spaventata, forse, ma ha reagito.

Non era il massimo, ma era sufficiente. A quel punto, non sarei potuto andarmene nemmeno se una bomba fosse esplosa accanto a noi.

"Sei molto diretto, non è vero?" ha sussurrato, fissandomi, e le ho detto che non avevo tempo per i giochini. Era vero—se non altro perché la lussuria che provavo era più intensa, più violenta di ogni altra cosa avessi mai provato prima. In quel momento, avrei fatto qualsiasi cosa per averla, avrei oltrepassato qualsiasi limite. . . avrei commesso qualsiasi crimine.

"E se ti dicessi di no?" mi ha chiesto, con voce un po' tremante, e c'è voluta tutta la mia determinazione per chiederle se stesse davvero dicendo di no. Sono riuscito a mantenere il tono calmo, palpeggiandole delicatamente il capezzolo con il pollice, mentre infilavo la mano tra i suoi capelli, ma non mi ha dato una risposta diretta. Anzi, mi ha chiesto che cosa avrei fatto in quel caso, domandandomi se sarei andato via.

"Secondo te?" le ho chiesto, prendendo tempo mentre cercavo di capire la risposta, ma lei ha continuato a non rispondere. Deve aver percepito il violento desiderio dentro di me e ha deciso di smettere di stuzzicarmi. Ho visto l'approvazione nei suoi occhi, ho notato il modo in cui ha mosso i fianchi verso di me, come per darmi il permesso.

E così l'ho toccata, ho sentito il caldo fervore tra le sue gambe.

Le ho penetrato la figa stretta con il dito e ho sentito la sua umidità.

Mi voleva—a meno che l'umidità non fosse per me.

A meno che non stesse pensando a Esguerra in quel momento.

Quel pensiero mi riempiva dalla rabbia più nera. "Sei sempre così bagnata con gli uomini che non desideri?" le ho chiesto, non riuscendo a nascondere la mia irrazionale gelosia, e ha risposto che mi voleva. Voleva Esguerra prima, ma ormai voleva me.

"Ti dà fastidio?" mi ha chiesto, e per la prima volta dal mio arrivo nel suo appartamento, mi è sembrata la donna esperta e sicura di sé del ristorante e non la ragazza spaventata che mi aveva accolto alla porta.

Quella dicotomia mi ha affascinato ed eccitato al tempo stesso, anche se la rabbia continuava a bruciarmi nelle vene. "No" ho detto, spingendo un altro dito nel suo canale scivoloso e trovando il clitoride con il pollice. "Per niente."

Ho visto i suoi occhi addolcirsi, perdere la concentrazione, e ho sentito la sua figa stringermi le dita, diventando sempre più bagnata al mio tocco. Mi ha afferrato il braccio, come se volesse fermarmi, ma il suo corpo ha accolto il mio tocco. L'ho guardata attentamente, osservando ogni guizzo di espressione sul suo viso, ascoltando ogni sussulto e gemito, mentre mi facevo strada dentro di lei con le dita e intorno alla figa. Era sensibile, così fottutamente reattiva che ho impiegato pochissimo tempo a capire cosa le piacesse, cosa la facesse godere. Ho sentito il suo corpo cominciare a contrarsi, ho visto il suo respiro accelerare sempre di più, e il mio cazzo è diventato così duro che temevo potesse scoppiare.

"Sì, ecco." Ho spinto sul suo clitoride. "Vieni per me, bellissima, proprio così."

E lo ha fatto. Con lo sguardo rivolto lontano, senza guardarmi, e la figa inondata intorno alle mie dita. Ho continuato fin quando le sue contrazioni non si sono fermate, continuando ad afferrarle i setosi capelli con la mano, e poi ho detto con soddisfazione: "È stato bello, non è vero?"

Non mi ha risposto in un primo momento, e per un attimo, mi sono chiesto di nuovo se avessi frainteso, se l'avessi in qualche modo costretta a farlo. Ma poi ha allungato la mano e mi ha afferrato con coraggio le palle attraverso i jeans. "È *stato* bello" ha sussurrato, guardandomi. "E adesso tocca a te."

Quello era proprio l'invito di cui avevo bisogno. Mi sentivo come una bestia scatenata, ma sono riuscito a baciarla in modo quasi civile, assaggiando le sue labbra invece di divorarle, come tutto dentro di me chiedeva a gran voce di fare. La sua bocca era deliziosa, come il tè caldo e il miele, e per un attimo, sono riuscito a mantenere una parvenza di controllo, a fingere di non essere un lussurioso selvaggio.

Però, lo ero—e quando l'accappatoio le è caduto dalle spalle, sono scattato, spingendola contro il muro. È stato solo grazie all'abitudine di due decenni che mi sono ricordato di mettere un preservativo, e poi l'ho sollevata e le ho detto di avvolgere le gambe intorno a me, mentre spingevo dentro di lei, non potendo aspettare nemmeno un secondo di più.

Era stretta intorno a me, così incredibilmente stretta e calda che sono quasi venuto subito, soprattutto quando ha stretto la figa intorno a me, con il corpo irrigidito per il mio ingresso. Preoccupato che potessi farle male, mi sono fermato per un momento, aspettando che sollevasse le gambe fino ad avvolgermi i fianchi, e poi ho iniziato a scoparla sul serio, spinto da una fame più potente di qualsiasi altra cosa avessi mai provato prima. Volevo così tanto sprofondare dentro di lei da non lasciarla mai andare, prenderla con una forza tale da lasciare la mia impronta sulla sua carne.

L'ho guardata mentre la scopavo, e ho visto il momento esatto in cui ha raggiunto l'orgasmo. Ha sgranato gli occhi, come se fosse sorpresa, e poi ho sentito la sua figa ondeggiare, fremere intorno al mio cazzo. La sensazione è stata così intensa che non sono riuscito a trattenere il mio orgasmo. L'ho raggiunto in modo incontrollabile, è esploso dalle mie palle, e ho spinto il bacino dentro di lei, sentendo il bisogno di stare alla massima profondità umana possibile, di fondermi con lei in quell'esplosivo piacere sconvolgente.

È stato il miglior orgasmo della mia vita. Mi sono sentito consumato dal suo sapore, dal suo tocco, e per qualche istante, ho creduto che fosse lo stesso per lei—ma poi mi ha spinto via. «Ti prego, lasciami andare» ha detto, sembrando esausta, ed è stato come se mi avessero gettato un secchio di acqua ghiacciata sulla testa.

Le ho fatto raggiungere due orgasmi, e mi ha guardato come se l'avessi violentata.

Come se l'avessi aggredita in un vicolo del cazzo.

Qualcosa di perverso è scattato dentro di me. Piegando le labbra in un sorriso sardonico, ho detto: "È troppo tardi per i rimorsi, bellissima." Mettendola in piedi, mi sono sforzato di staccare le mani dal suo culo formoso. Ho tirato il mio cazzo fuori da lei facendo un passo indietro, e il preservativo, ricolmo di sperma, ha cominciato ad allentarsi.

L'ho tolto, lasciandolo cadere sul pavimento. I suoi occhi hanno seguito il movimento, e ho rivisto il rossore sul suo viso. Mi sono reso conto che si sentiva imbarazzata per quello che era successo, e la mia rabbia è cresciuta.

Mi aveva lasciato entrare, aveva detto di volermi— *il suo corpo del cazzo aveva detto di volermi*—e ora si stava comportando come se fosse stato tutto un grande errore.

Come se non fosse riuscita ad allontanarsi da me abbastanza in fretta.

Beh, fanculo, mi sono detto, con il sangue che mi ribolliva per un misto di rabbia e rinnovato desiderio. Se pensava di cavarsela con così poco, si sbagliava di grosso.

E per il resto della notte, mi sono dedicato a mostrarle quanto si sbagliasse. Le ho leccato la figa e l'ho scopata fin quando mi ha supplicato di fermarmi, fin quando la sua voce è diventata roca a forza di gridare il mio nome, e il mio cazzo è diventato ruvido dopo tutto quel martellamento nella sua carne stretta. L'ho fatta venire una mezza dozzina di volte prima di concedermi il secondo orgasmo, e poi ho dovuto trattenermi dal prenderla per la terza volta, quando si è svegliata per andare al bagno.

Ho dovuto trattenermi perché, in qualche modo, incredibilmente, volevo di più.

Voglio ancora di più.

Cazzo. Ho detto a Yulia che forse un giorno sarei tornato, ma se questa folle fame non se ne va, dovrò tornare a Mosca prima del previsto—forse, non appena avremo finito in Tagikistan.

Sì, questo è tutto, penso, mentre mi alzo e comincio a vestirmi.

Farò il mio lavoro, e poi, se non mi sarò tolto la ragazza russa dalla testa, tornerò da lei.

6

yulia

Fingo di dormire mentre Lucas si veste ed esce silenziosamente dal mio appartamento. Quando chiude la porta alle sue spalle, sento lo scatto della chiusura automatica. Sono grata di averla messa. A Mosca, non mi sento al sicuro con la porta aperta nemmeno per pochi minuti. I criminali sono audaci, pieni di risorse e apparentemente onnipresenti.

Rimango sdraiata con gli occhi chiusi per un altro minuto per assicurarmi che Lucas non torni, e poi salto giù dal letto, ignorando la fitta di dolore tra le gambe. Il mio pensiero va subito alla fonte di quel dolore, e vengo di nuovo sopraffatta da quella strana fitta di tristezza.

Probabilmente non rivedrò mai più Lucas Kent.

Smettila, mi rimprovero. Non c'è motivo di pensare a lui. Abbiamo fatto sesso, niente di più. Quello che devo fare ora è scoprire se Obenko sia riuscito a colpire Esguerra mentre Kent era fuori dai piedi. Se è così, il mio lavoro qui sarà finalmente compiuto. La mia copertura è forte, ma appena i russi si renderanno conto che c'è stata una fuga di notizie, sarò subito sospettata.

Chiamo Obenko, mentre mi vesto. "Niente di nuovo?" chiedo, quando risponde.

"Abbiamo un piano" dice. "Siamo riusciti a rintracciare il Boeing C-17 di Esguerra—è l'unico aereo privato di quelle dimensioni che dovrebbe decollare nelle prossime ore. Il nostro contatto in Uzbekistan si occuperà del resto."

Mi fermo, indossando gli stivali. "Che cosa vuoi dire?"

"L'esercito uzbeko sparerà un missile quando sorvoleranno il loro spazio aereo" dice Obenko. "Per sbaglio, naturalmente. I russi non saranno contenti, ma non entreranno in guerra per un trafficante d'armi. Il nostro contatto sarà imprigionato e retrocesso, ma la sua famiglia sarà ben ricompensata."

"Hai intenzione di abbattere l'aereo di Esguerra?" Un freddo nodo mi si forma nella gola. Non mi importa di cos'accadrà a Esguerra, ma il pensiero che Lucas morirà in un groviglio di metallo schiacciato o che verrà fatto a pezzi nell'esplosione. . .

"Sì. Sarebbe troppo rischioso attaccarlo qui. Ha quattro dozzine di mercenari con lui. Non c'è modo di arrivare a lui, altrimenti."

"Capisco." Sento freddo, come se qualcuno stesse calpestando la mia tomba. "Così, moriranno tutti."

"Se andrà tutto secondo i piani, sì. Elimineremo la minaccia con un solo colpo e senza perdite da parte nostra."

"Fantastico." Cerco di mettere una nota di appropriato entusiasmo nella mia voce, ma non so se ci riesco. Tutto quello a cui penso è il grande corpo di Lucas ustionato e distrutto, i suoi occhi chiari che fissano il cielo senza vederlo. Non dovrebbe importarmi—non significa nulla per me—ma non riesco a togliermi quell'immagine raccapricciante dalla testa.

"Dovremo estrometterti" dice Obenko, riportando la mia attenzione su di lui. "Se i russi cominciano davvero a indagare e il nostro contatto uzbeko decide di parlare, non ci metteranno molto a capire come abbiamo ottenuto le informazioni. È un peccato, ma abbiamo sempre saputo che questo incarico sarebbe stato rischioso."

"Va bene." Chiudo gli occhi e mi strofino il naso. "Dove incontrerò la squadra?"

"Prendi il treno per Kon'kovo. Troverai una macchina ad aspettarti." Poi, Obenko riattacca.

Impiego meno di venti minuti a fare le valigie. Vivo a Mosca da sei anni, ma sono poche le cose a cui tengo. Qualche trucco, una spazzola per capelli, un cambio di biancheria, il mio passaporto falso, la pistola—non c'è spazio per altro nella mia grande borsa di Gucci. Mi assicuro anche che i vestiti che indosso—un paio di jeans infilati negli stivali fino al ginocchio, un maglione di cachemire e una giacca a vento ben aderente—tengano caldo e siano eleganti. Se qualcuno mi vedesse uscire di casa, non desterei sospetti, perché sono vestita come ci si aspetta da me: come una giovane donna che si reca al lavoro, tutta coperta per il freddo brutale.

Dopo aver finito di preparare le valigie, pulisco l'intero appartamento per cancellare le impronte digitali ed esco, chiudendo con attenzione la porta dietro di me. Non mi importa più che qualche ladro possa sfondarla, ma non voglio rendergli la vita facile.

Nessuno sembra sorvegliare l'appartamento quando esco, ma continuo a guardarmi intorno con prudenza, assicurandomi di non essere seguita.

Mentre mi avvicino alla stazione della metropolitana, i pensieri su Lucas fanno di nuovo capolino, facendomi rabbrividire nonostante gli abiti imbottiti. Dovrei essere felice—ho aspettato l'estromissione con ansia per mesi—ma non riesco a togliermi dalla testa il destino di Lucas.

Morirà velocemente o lentamente? Sarà il missile ad ucciderlo o l'incidente in sé? Rimarrà cosciente abbastanza a lungo da rendersi conto che morirà?

Capirà che c'entro qualcosa con quello che è successo?

Il nodo alla gola si espande, facendomi sentire come se stessi soffocando. Per un folle istante, sono travolta dalla voglia di chiamarlo per avvertirlo di non salire su quell'aereo. In realtà, prendo il telefono nella mia borsa, ma lo lascio andare immediatamente mettendo la mano in tasca.

Stupida, stupida, stupida, mi rimprovero, scendendo le scale della stazione della metropolitana. Non ho nemmeno il numero di Kent. E anche se ce l'avessi, avvertirlo significherebbe tradire Obenko e il mio Paese.

Tradire Misha.

No, mai. Faccio un respiro profondo, ignorando la calca dei pendolari di Mosca intorno a me. A questo punto, la missione non è più nelle mie mani. Anche se volessi cambiare qualcosa, non potrei. Obenko e la sua squadra ne hanno il controllo ora, e posso solo sperare di lascare rapidamente la Russia.

Inoltre, anche se Lucas Kent non fosse un affiliato del trafficante d'armi nemico dell'Ucraina, nella mia vita non c'è spazio per l'amore. La vita o la morte di Kent non dovrebbero interessarmi—perché in entrambi i casi, non lo rivedrò.

Il treno in arrivo mi distoglie dalle oscure riflessioni. Le persone intorno a me spingono per salire sul treno già affollato, e mi affretto per assicurarmi di salire prima che le porte si chiudano.

Per fortuna, ce la faccio. Afferrando un sostegno, mi sistemo in uno spazio tra due donne di mezza età e faccio del mio meglio per ignorare il vecchio seduto davanti a me, che mi sta spogliando con gli occhi. Altre due ore e non dovrò più combattere con il sistema metropolitano di Mosca.

Tornerò a Kiev, a casa mia.

Chiudo gli occhi e cerco di concentrarmi su questo—sul mio ritorno a casa.

Sul fatto che mi avvicinerò a Misha, anche se non potrò vederlo di persona.

Il mio fratellino ha quattordici anni ora. Ho visto le sue foto; è un bel ragazzo, con gli occhi azzurri brillanti e maliziosi. Ride in tutte le foto in cui esce con gli amici e le amiche. È socievole, mi ha detto Obenko. Estroverso.

Felice della vita che gli hanno dato.

Ogni volta che ricevo una sua foto, la guardo per ore, chiedendomi se si ricordi di me. Se incontrandomi per strada, mi riconoscerebbe. È improbabile—aveva solo tre anni quando è stato adottato—ma mi piace immaginare che una parte di lui lo farebbe.

Che ricordi il modo in cui mi sono presa cura di lui in quel terribile anno nell'orfanotrofio.

Un annuncio gracchiante interrompe le mie riflessioni. Aprendo gli occhi, mi rendo conto che il treno sta rallentando.

"Ci scusiamo per il ritardo" ripete il conducente ad alta voce, quando il treno si ferma completamente. "Il problema dovrebbe essere risolto in breve tempo."

I passeggeri intorno a me sbuffano all'unisono. La donna di mezza età alla mia sinistra comincia a imprecare, mentre quella alla mia destra borbotta qualcosa sui funzionari corrotti che intascano soldi pubblici, invece di sistemare le cose. Non è il primo ritardo di questo mese; le temperature estreme di quest'inverno hanno avuto conseguenze sia sulle strade che sui binari della metropolitana, esacerbando nei pendolari l'incubo che è Mosca nell'ora di punta.

Reprimo il mio sospiro di impazienza e controllo il telefono. Come mi aspettavo, non c'è campo. Gli spessi muri del tunnel impediscono la ricezione dei cellulari, quindi non posso comunicare il ritardo ai miei addetti.

Fantastico. Davvero fantastico.

Metto via il telefono, cercando di non soccombere alla frustrazione. Con un po' di fortuna, questo problema richiederà solo una piccola saldatura, invece di qualcosa di più serio. Il mese scorso, lo scoppio di un tubo ha mandato in tilt il traffico di tutta Mosca, causando ritardi nella metropolitana di tre ore o più. Se si tratta nuovamente di qualcosa del genere, non riuscirò a raggiungere la destinazione in cui devono venirmi a prendere nel tardo pomeriggio.

Contro la mia volontà, il mio pensiero va di nuovo a Lucas. Nel tardo pomeriggio, il suo aereo probabilmente sorvolerà lo spazio aereo uzbeko. Probabilmente, sarà già morto prima di arrivarci. Ho lo stomaco in subbuglio mentre immagino il suo corpo ridotto in brandelli, distrutto dall'esplosione e dallo schianto.

Smettila, Yulia. L'acidità del mio stomaco si intensifica, trasformandosi in un rombo vuoto, e mi rendo conto con sollievo che questa mattina ho dimenticato di fare colazione. Avevo una tale fretta di fare le valigie e di andarmene che non ho avuto nemmeno il tempo di dare un morso a una mela.

Non mi stupisce che ora mi senta male. Questo non ha nulla a che fare con Kent e tutto a che fare con la mia fame.

Sì, ecco tutto, mi dico. Ho solo fame. Appena il treno ripartirà e arriverò a destinazione, mangerò qualcosa e andrà tutto bene.

Sarò al sicuro a Kiev, e non ripenserò mai più a Lucas Kent.

lucas

Quando arrivo all'aereo, tutta la squadra, compreso Esguerra, è già a bordo e indossa la tenuta da combattimento. Le tute sono antiproiettile e ignifughe—cosa che le rende assurdamente costose. Sono grato del fatto che Esguerra insista affinché le indossiamo per ogni missione; aiutano a ridurre al minimo le vittime tra i nostri uomini.

Sono l'ultimo a salire a bordo, e devo pilotare l'aereo, quindi non appena mi metto la tuta, decolliamo per il Tagikistan, dove l'organizzazione terroristica di Al-Quadar ha la sua ultima roccaforte. Esguerra lo ha saputo recentemente, e visto che gli idioti hanno rapito sua moglie qualche mese fa, è determinato a cancellarli dalla faccia della terra. I russi ci hanno garantito un passaggio sicuro—è di questo che si è parlato durante la riunione con Buschekov—quindi, non mi aspetto alcun problema.

Tuttavia, tengo d'occhio il radar, mentre ci allontaniamo da Mosca e ci avviciniamo all'Asia centrale.

In questa zona del mondo, è meglio essere sempre prudenti.

Una volta raggiunta l'altitudine di crociera, inserisco il pilota automatico e controllo tutte le mie armi, prendendone una alla volta e pulendole, prima di rimetterle tutte insieme. Questa è una delle prime cose che ho imparato nella Marina: assicurarsi che le armi siano funzionanti prima di affrontare ogni battaglia. L'equipaggiamento di Esguerra è di prim'ordine, e non ho mai assistito a malfunzionamenti, ma c'è sempre una prima volta.

Soddisfatto che tutto sia a posto, metto via le armi e guardo di nuovo il radar.

Niente di strano.

Appoggiandomi al sedile, allungo le gambe. Già la sento—l'adrenalina che mi brucia nelle vene, il ronzio dell'emozione nel profondo delle mie vene.

L'ansia che mi attanaglia prima di ogni combattimento.

La mia mente e il mio corpo si stanno già preparando a questo, anche se abbiamo ancora qualche ora prima di arrivare a destinazione.

È questo quello per cui sono nato, quello che amo fare. Ho il combattimento nel sangue. È per questo che mi arruolai nella Marina, appena terminate le superiori: non potevo sopportare l'idea di seguire la strada che i miei genitori immaginavano per me. Università, scuola di legge, entrare a far parte della prestigiosa società legale di mio nonno—non riuscivo a immaginare di fare una qualsiasi di queste cose. Mi sarei sentito soffocato da quel genere di vita, soffocato a morte nelle asfissianti sale di rappresentanza delle élite di Manhattan.

La mia famiglia non capì, naturalmente. Per loro, la legge—con il denaro e il prestigio che ne conseguono—è l'apice del successo. Non riuscivano a capire per quale motivo volessi fare altro, perché volessi fare altro che non fosse essere il loro bambino d'oro.

"Se non vuoi studiare legge, potresti provare con la facoltà di medicina" disse mio padre, quando espressi le mie preoccupazioni durante la terza superiore. "Se non vuoi andare a scuola per così tanto tempo, potresti prendere in considerazione i servizi bancari di investimento. Posso farti svolgere un tirocinio presso la Goldman Sachs quest'estate—sarebbe perfetto per la tua domanda alla Princeton."

Non accettai la sua offerta. Allora, non sapevo cosa avrei voluto fare, ma sicuramente non mi vedevo alla Goldman Sachs, alla Princeton o alla scuola di preparazione che i miei genitori avevano pagato, affinché io studiassi lì. Ero diverso dai miei compagni di classe. Troppo agitato, troppo carico di energia repressa. Praticavo tutti gli sport, frequentavo tutte le lezioni di arti marziali che trovavo, ma non era sufficiente.

Mancava ancora qualcosa.

Scoprii cos'era quel qualcosa una notte del mio ultimo anno, tornando a casa ubriaco da una festa a Brooklyn. In una stazione deserta della metropolitana, venni attaccato da un gruppo di teppisti che speravano di spillare qualche soldo facile a un ragazzino dell'Upper East Side. Erano armati di coltelli, e io non avevo niente, ma ero troppo ubriaco per preoccuparmene. La formazione che avevo ottenuto da quelle lezioni di arti marziali mi tornarono utili, e mi ritrovai a essere coinvolto nella prima vera rissa della mia vita.

Una rissa in cui finii per accoltellare un uomo e vedere il suo sangue scorrere sulle mie mani.

Una rissa in cui scoprii il livello della violenza dentro di me.

Stiamo sorvolando l'Uzbekistan, a poche centinaia di miglia dalla nostra destinazione, quando Esguerra entra nella cabina del pilota.

Sentendo la porta che si apre, mi giro verso di lui. "Arriveremo tra circa un'ora e mezza" dico, prevenendo la sua domanda. "C'è un po' di ghiaccio sulla pista di atterraggio, perciò lo stanno togliendo in questo momento. Gli elicotteri sono già stati riforniti e sono pronti per partire."

Abbiamo bisogno di questi elicotteri per raggiungere i Monti del Pamir, dove sospettiamo che sia nascosto il covo terroristico.

"Ottimo" dice Esguerra, con i suoi occhi azzurri che brillano. "Qualche attività insolita in quella zona?"

Scuoto la testa. "No, è tutto tranquillo."

"Bene." Entra nella cabina e si sistema sul sedile del copilota. "Com'è andata con la ragazza russa ieri sera?" chiede, allacciando la cintura di sicurezza.

Sento una fitta di gelosia, ma poi ricordo il modo in cui Yulia ha reagito la notte scorsa. "Abbastanza bene" dico, sorridendo davanti alle immagini che mi frullano per la testa. "Hai fatto male a lasciartela scappare."

"Sì, ne sono certo" dice, ma vedo che non è affatto dispiaciuto. È ossessionato dalla sua giovane moglie. Ho la sensazione che la donna più bella del mondo potrebbe sfilare nuda davanti a lui, e lui non la degnerebbe di uno sguardo. Esguerra è stato definitivamente imprigionato—e proprio dalla ragazza che tiene confinata, niente meno.

Quel pensiero mi fa sorridere. "Devo dire che non mi sarei mai aspettato di vederti come un uomo felicemente sposato" gli dico, divertito.

Esguerra alza le sopracciglia. "Davvero?"

Mi stringo nelle spalle, con il sorriso che si dissolve. Non sono esattamente un amico del mio capo—Esguerra non è mai particolarmente amichevole con nessuno—ma chissà perché, oggi sembra più cordiale.

O, forse, sono solo di buon umore, grazie a una meravigliosa interprete.

"Certo" dico a Esguerra. "Quelli come noi generalmente non sono considerati buoni mariti."

In realtà, non mi vengono in mente due persone meno adatte alla vita domestica.

Esguerra ridacchia. "Beh, non so se Nora mi consideri un 'buon marito.'"

"Beh, se non è così, lo sarà." Rivolgo l'attenzione ai comandi. "Non la tradisci, ti prendi cura di lei e hai rischiato la vita per salvarla. Se questo non è essere un buon marito, allora non so cosa sia." Mentre parlo, noto un leggero movimento sullo schermo del radar.

Accigliato, osservo più da vicino.

"Che cosa c'è?" chiede Esguerra bruscamente.

"Non ne sono sicuro" comincio a dire, e in quel momento, l'aereo oscilla così violentemente che per poco non vengo sbalzato fuori dal sedile. L'aereo si piega, va in picchiata e l'adrenalina mi esplode nelle vene, mentre sento il frenetico segnale acustico dei comandi andati in tilt.

Siamo stati colpiti.

Quel pensiero è chiaro e limpido nella mia mente.

Afferrando i comandi, cerco di raddrizzare l'aereo, mentre attraversiamo uno spesso strato di nubi. Il cuore mi batte all'impazzata, e lo sento martellare nelle mie orecchie. "Cazzo, cazzo, cazzo, dannazione, figli di puttana—"

"Cos'è stato a colpirci?" Esguerra sembra calmo, quasi disinteressato. Sento i motori che stridono, vibrano e poi si incendiano, e la puzza di fumo mi assale, insieme alle urla.

Stiamo andando a fuoco.

Cazzo, cazzo.

"Non lo so" riesco a dire. L'aereo è in picchiata, e non riesco a raddrizzarlo per più di un secondo. "Ha importanza, cazzo?"

L'aereo ondeggia, e i motori emettono un rumore terrificante, mentre precipitiamo verso il terreno sottostante. Le vette dei Monti del Pamir sono già visibili in lontananza, ma siamo troppo lontani per raggiungerle.

Ci schianteremo prima di raggiungere il nostro obiettivo.

Cazzo, no. Non sono pronto per morire.

Imprecando, ricomincio ad armeggiare con i comandi, ignorando i display che mi informano dell'inutilità dei miei sforzi. L'aereo si stabilizza sotto la mia guida, i motori si riprendono per un breve istante, ma poi torniamo a precipitare. Ripeto la manovra, sfruttando tutti i miei anni di esperienza di pilotaggio, ma è inutile.

Tutto quello che riesco a fare è rallentare la discesa di qualche secondo.

Dicono che la vita ti scorra davanti agli occhi prima della morte. Dicono che ripensi a tutte le cose che avresti potuto fare diversamente, a tutte le cose che non hai potuto fare.

Io non penso a nulla di tutto ciò.

Cerco solo di sopravvivere il più a lungo possibile.

Accanto a me Esguerra tace, stringendo il bordo del suo sedile, mentre il suolo si avvicina sempre di più e i piccoli oggetti sotto di noi diventano sempre più grandi. Riesco a distinguere gli alberi—stiamo sorvolando una foresta ora—e poi vedo i singoli rami, privi di foglie e coperti di neve.

Siamo vicini ora, davvero vicini, e faccio un ultimo tentativo di indirizzare l'aereo, orientandolo verso un gruppo di piccoli alberi e cespugli a cento metri di distanza.

E poi arriva il momento, e ci schiantiamo contro gli alberi con una forza incredibile.

Stranamente, il mio ultimo pensiero è rivolto a lei.

Alla ragazza russa che non rivedrò mai più.

La Detenzione

yulia

*S*ette ore e mezzo.

Il treno è rimasto bloccato in quella galleria per sette ore e mezzo. Il sollievo che provo quando le porte finalmente si aprono alla stazione successiva è così forte da farmi tremare.

O, forse, tremo dalla fame e dalla sete. È impossibile dirlo.

Uscendo da quel treno maledetto, mi faccio strada tra la folla di pendolari esausti e stressati e prendo la scala mobile al piano di sopra. Devo chiamare subito Obenko; i miei addetti devono essere davvero preoccupati.

"Yulia? Che cazzo è successo?" Come pensavo, Obenko è furioso. "Dove sei?"

"A Rizhskaya." Faccio il nome della stazione ferroviaria a una ventina di fermate dalla mia destinazione. "Ero sulla linea Kaluzhsko-Rizhskaya."

"Ah, cazzo. Sei rimasta bloccata a causa di quell'idiota."

"Sì." Mi appoggio a un muro di ghiaccio in cima alle scale, mentre la gente si affretta davanti a me. Secondo l'ultimo aggiornamento del conducente del treno, il ritardo era dovuto a un problema dei due treni davanti a noi. Un nazionalista ceceno ha avuto la brillante idea di mostrare una bomba fatta in casa che teneva nella cintura e di minacciare di farsi esplodere, se le sue richieste non fossero state soddisfatte. La polizia è riuscita a sopraffarlo, ma ci sono volute delle ore per farlo in modo sicuro. Considerata la gravità della situazione, è un miracolo che siamo riusciti a scendere dal treno prima di sera.

"Bene." Obenko sembra un po' più calmo. "Dirò alla squadra di tornare al punto di incontro. I treni hanno ripreso a circolare?"

"Non la linea Kaluzhsko-Rizhskaya. Hanno detto che le corse riprenderanno più tardi. Dovrò prendere un taxi." Mi sposto da un piede all'altro, con la vescica che mi ricorda che sono passate ore da quando sono andata al bagno per l'ultima volta. Ho bisogno di un bagno, e di cibo, con estrema urgenza, ma prima, c'è una cosa che devo sapere. "Vasiliy Ivanovich" dico con esitazione, rivolgendomi al mio capo con il suo nome intero: "L'operazione. . . è andata bene?"

"L'aereo è stato abbattuto un'ora fa."

Mi si piegano le ginocchia, e per un attimo, vedo la stazione sfocata per le vertigini. Se non fosse stato per il muro alle mie spalle, sarei caduta. "C'è stato qualche sopravvissuto?" La mia voce sembra soffocata, e devo schiarirmi la gola prima di continuare. "Voglio dire. . . Sei sicuro che il bersaglio sia stato eliminato?"

"Non abbiamo ancora ricevuto il rapporto sulle vittime, ma non vedo come Esguerra abbia potuto sopravvivere."

"Oh. Bene." La bile mi sale nella gola, e ho la sensazione di dover vomitare. Deglutendo, riesco a dire: "Devo andare ora, devo trovare quel taxi."

"Va bene. Facci sapere se ci sono problemi."

"Lo farò." Premo il pulsante per riagganciare e poggio la testa contro il muro, prendendo una boccata d'aria fresca. Mi sento male, con lo stomaco sottosopra per l'acido e il vuoto. Ho un metabolismo veloce, e non ho mai gestito bene la fame, ma non ricordo di essermi mai sentita così male per la mancanza di cibo.

Occhi azzurro-chiari, bianchi e spenti. Sangue che scorre lungo una dura mascella quadrata. . .

Smettila. Mi sforzo di staccarmi dal muro. Non posso permettermi di pensare a questo. Ho solo fame, sete e sono esausta. Una volta risolti questi problemi, andrà tutto bene.

Dev'essere così.

Prima di provare a prendere un taxi, mi dirigo verso un piccolo bar accanto alla stazione e utilizzo il loro bagno. Bevo anche una tazza di tè caldo e mangio tre pirozhki—piccole torte salate—ripieni di carne. Poi, sentendomi molto più umana, esco per vedere se riesco a trovare un taxi.

Le strade intorno alla stazione sono un incubo. Il traffico sembra essere paralizzato, e tutti i taxi sembrano occupati. Me lo aspettavo, visto quello che è successo con i treni, ma è estremamente fastidioso.

Comincio a camminare a passo svelto, nella speranza di arrivare a piedi in un posto meno trafficato. Non ha senso salire in macchina, solo per percorrere due isolati nel giro di due ore. Ora che l'aereo si è schiantato, devo raggiungere i miei addetti al più presto possibile.

L'aereo. Faccio un respiro, mentre delle immagini disgustose invadono di nuovo la mia mente. Non so perché non riesco a smettere di pensare a questo. Conosco Lucas da meno di ventiquattro ore, e per la maggior parte del tempo ho avuto paura di lui.

E per il resto del tempo ho gridato dal piacere tra le sue braccia, mi ricorda una vocina.

No, basta.

Accelero il passo, zigzagando tra i pedoni che si muovono lentamente. *Non pensare a lui, non pensare a lui...* Lascio che quelle parole risuonino nella mia mente al ritmo dei miei passi. *Tornerai a casa da Misha...* Accelero il passo ancora di più, quasi correndo ora. Muovermi così velocemente non solo mi fa arrivare prima a destinazione, ma mi scalda anche. *Non pensare a lui, stai tornando a casa...*

Non so per quanto tempo io cammini così, ma man mano che i lampioni si accendono, mi rendo conto che si sta già facendo buio. Controllando il telefono, noto che sono quasi le sei di sera.

Sto camminando da due ore e mezzo, e il traffico intorno a me è rimasto come prima.

Fermandomi, mi guardo intorno dalla frustrazione. Ho attraversato le vie principali per massimizzare le mie probabilità di trovare un taxi, ma a quanto pare ho scelto la strategia sbagliata. Forse quello che dovrei fare è allontanarmi dalle principali zone trafficate e tentare la fortuna su strade più piccole. Se trovassi un taxi lì, il conducente potrebbe riuscire a portami fuori dalla città attraverso strade meno conosciute. Gli darei tutto il denaro extra che vuole, naturalmente.

Svoltando su una delle strade trasversali, vedo un parco a un isolato di distanza. Decido di attraversarlo in diagonale, per poi risalire da una delle strade più piccole sull'altro lato. Continuerò ad andare nella giusta direzione, ma sarò lontana dalla zona più frequentata. Forse troverò un autobus lì, se non un taxi.

Dev'esserci un modo per poter raggiungere la mia destinazione nelle prossime ore.

Il telefono mi vibra nella borsa, e lo tiro fuori. "Sì?"

"Dove sei?" Obenko sembra frustrato quanto me. "Il capo della squadra si sta innervosendo. Vuole che abbiate già varcato il confine quando il Cremlino scoprirà cos'è successo."

"Sono ancora in centro. Il traffico è impossibile." La neve scricchiola sotto i miei piedi, mentre entro nel parco. Non l'hanno pulito, quindi tutti i sentieri sono ricoperti da uno spesso strato di ghiaccio.

"Fanculo."

"Sì." Cerco di non scivolare sul ghiaccio, quando calpesto la merda di un cane. "Sto facendo del mio meglio per arrivare entro stasera, te lo giuro."

"Va bene. Yulia. . ." Obenko fa una pausa. "Sai che dovremo ritirare la squadra se non arriverai entro domani mattina, vero?" La sua voce è calma, quasi dispiaciuta.

"Lo so." Mantengo lo stesso tono di voce. "Ci sarò."

"Bene. Assicurati di farlo."

Riattacca, e io cammino più velocemente, spinta dall'ansia crescente. Se la squadra se ne va senza di me e mi prendono, sono praticamente morta. Si sa che il Cremlino non è gentile con le spie, e il fatto che la nostra agenzia operi in modo completamente ufficioso rende le cose dieci volte peggiori. Il governo ucraino non negozierebbe per riavermi, perché non ha la minima idea della mia esistenza.

Sono quasi fuori dal parco quando sento delle ubriache risate maschili e il rumore di scarpe che scricchiolano sulla neve.

Guardando dietro, vedo un gruppetto di uomini a qualche decina di metri di distanza, con bottiglie strette tra le mani guantate. Stanno camminando a piedi, ma la loro attenzione è inconfondibilmente rivolta su di me.

"Ehi, signorina" grida uno di loro, con la bocca impastata. "Vuoi venire a divertirti con noi?"

Distolgo lo sguardo e comincio ad accelerare il passo. Sono solo ubriachi, ma anche gli ubriachi possono diventare pericolosi quando sono in sei contro una. Non ho paura di loro—ho la mia pistola e sono allenata—ma non ho bisogno di altri guai per questa sera.

"Signorina" grida l'ubriaco, questa volta più forte. "Sei maleducata, lo sai?"

I suoi amici ridono come un branco di iene, e l'ubriaco grida di nuovo: "Vaffanculo, troia! Se non vuoi divertirti, basta che lo dici, cazzo!"

Li ignoro e continuo per la mia strada, infilando la mano sinistra nella borsa per sentire la pistola, per ogni evenienza. Quando lascio il parco e arrivo sulla strada, il suono delle loro voci si affievolisce, e mi rendo conto che non mi stanno più seguendo.

Sollevata, tiro fuori la mano dalla borsa e continuo a percorrere la strada a un ritmo leggermente più lento. Mi fanno male le gambe, e ho la sensazione che si sia formata una bolla sul lato del mio tallone. Gli stivali sono molto più comodi dei tacchi, ma non sono stati fatti per camminare velocemente per tre ore.

Sono in una zona più residenziale ora, il che è sia un bene che un male. Il traffico qui è più scorrevole—solo poche macchine mi passano davanti—ma i lampioni sono sparsi, e la zona non è affatto deserta. Lontane risate maschili raggiungono di nuovo le mie orecchie, e mi sforzo di camminare più velocemente, ignorando i muscoli stanchi.

Percorro circa cinque isolati prima di vederlo: un taxi fermo accanto a un marciapiede dall'altra parte della strada, una cinquantina di metri più avanti. Un uomo basso e magro sta scendendo. Sollevata, grido: "Aspetti!" e mi precipito verso l'auto, proprio mentre comincia a chiudere la portiera.

Sono quasi accanto al taxi, quando vedo delle luci con la coda dell'occhio e sento il rombo di un motore.

Reagendo in una frazione di secondo, mi lancio da una parte, sbattendo a terra mentre un'auto mi passa davanti. Rotolando sull'asfalto ghiacciato, sento il conducente che suona il clacson come un ubriaco, e poi qualcosa di duro sbatte sulla mia testa.

L'ultimo pensiero prima che il mio mondo diventi nero è che avrei fatto meglio a sparare a quegli ubriachi, dopo tutto.

9

lucas

Voci. Segnali acustici lontani. Altre voci.

I suoni si dissolvono, così come il ronzio nelle orecchie. Ho la testa pesante, con il dolore che mi avvolge come una coperta di spine.

Vivo. Sono vivo.

Quella consapevolezza si insinua dentro di me lentamente, gradualmente. Con essa arrivano una forte pulsazione nel cranio e un'ondata di nausea.

Dove mi trovo? Che cos'è successo?

Mi sforzo di distinguere le voci.

Sono due donne e un uomo, a giudicare dalle differenze di tono. Stanno parlando in una lingua straniera, una che non riconosco.

La mia nausea si intensifica, come la pulsazione nella testa. Occorre tutta la mia determinazione per aprire gli occhi.

Sopra di me, lampeggia una luce fluorescente, con la sua agonizzante brillantezza. Non riuscendo a sopportarla, richiudo gli occhi.

Una voce femminile esclama qualcosa, e sento dei rapidi passi.

Una mano mi tocca il viso, e le dita di uno sconosciuto raggiungono le mie palpebre. Vedo di nuova una luce intensa che brilla nei miei occhi, e mi irrigidisco, stringendo le mani a pugno, mentre vengo sopraffatto dal dolore. Il mio istinto è quello di combattere, di scagliarmi contro chiunque mi stia facendo questo, ma qualcosa mi impedisce di muovere le braccia.

"Stia calmo." La voce maschile parla inglese, anche se con un forte accento straniero. "L'infermiera la sta solo controllando."

La sua mano si stacca dal mio viso, e mi sforzo di tenere gli occhi aperti nonostante il dolore al cranio. È tutto sfocato e confuso, ma dopo aver sbattuto le palpebre un paio di volte, riesco a concentrarmi sull'uomo accanto al letto.

Nella sua uniforme di ufficiale militare, sembra avere una cinquantina d'anni, con il viso magro. Vedendo che lo sto guardando, dice: "Sono il Colonnello Sharipov. Può cortesemente dirmi il suo nome?"

"Dove sono? Che cos'è successo?" chiedo con voce roca, cercando di muovere le braccia un'altra volta. Non ci riesco, e mi rendo conto che è perché sono legato, ammanettato al letto. Quando provo a muovere le gambe, posso muovere la destra, ma non la sinistra. C'è qualcosa di ingombrante e pesante che la tiene bloccata, e tirarlo su mi fa contorcere dal dolore.

"Si trova in un ospedale di Tashkent" dice Sharipov, rispondendo alla mia prima domanda. "Ha una gamba rotta e una grave commozione cerebrale. Le consiglio di non muoversi."

Tashkent. Questo significa che sono in Uzbekistan, il Paese confinante con la nostra destinazione nel Tagikistan. Mentre rifletto su questo, un po' della nebbia nella mia mente si dissipa, e mi ricordo quello che è successo.

Le urla. La puzza di fumo.

Lo schianto.

Fanculo.

"Dove sono gli altri?" Improvvisamente arrabbiato, tiro le manette sul mio polso. "Esguerra e tutti gli altri?"

"Glielo dirò tra un attimo" dice Sharipov. "Prima, devo sapere il suo nome."

Il dolore martellante alla testa mi impedisce di pensare. "Lucas Kent" dico a denti stretti. È inutile mentire. Non sembrava sorpreso quando ho menzionato Esguerra—il che significa che si era già fatto un'idea su chi siamo. "Sono il vice comandante di Esguerra."

Sharipov mi studia. "Capisco. Allora, Signor Kent, sarà felice di sapere che Julian Esguerra è vivo e che anche lui è qui in ospedale. Ha un braccio rotto, le costole incrinate e una ferita alla testa, che non sembra essere troppo seria. Stiamo aspettando che riprenda conoscenza."

Ho la sensazione che la mia testa stia sul punto di esplodere, eppure provo un barlume di sollievo. Quell'uomo è un assassino privo di morale—alcuni lo definirebbero uno psicopatico—ma ho imparato a conoscerlo nel corso degli anni, e lo rispetto. Sarebbe stato un peccato se fosse stato ucciso da qualche missile vagante. A proposito—

"Che cazzo è successo? Perché sono legato?"

Il colonnello mi fissa. "È legato per la sua sicurezza e per quella delle infermiere, Signor Kent. Vista la sua professione, non ci sentivamo a nostro agio a mettere a rischio il personale dell'ospedale. È un ospedale civile e—"

"Oh, che cazzo." Stringo i denti. "Prometto che non farò niente di male alle infermiere, va bene? Toglimi queste fottute manette. Ora."

Ci guardiamo per qualche secondo. Poi Sharipov fa un breve movimento a scatti con la testa e dice qualcosa a una delle infermiere in una lingua straniera. La donna con i capelli scuri si avvicina e apre le manette, guardandomi con diffidenza per tutto il tempo. La ignoro, mantenendo la concentrazione su Sharipov.

"Che cos'è successo?" ripeto con un tono un po' più calmo, unendo le mani per strofinarmi i polsi, mentre l'infermiera si affretta verso l'altro lato della stanza. Il martellamento nella testa peggiora a causa di quel movimento, ma insisto con la mia domanda. "Chi ha abbattuto l'aereo, e che cos'è successo agli altri uomini?"

"Temo che stiano investigando sulla causa esatta dell'incidente in questo momento" dice Sharipov. Sembra vagamente a disagio. "È possibile che ci sia stato un. . . problema di comunicazione."

"Un problema di comunicazione?" lo guardo con incredulità. "Avete sparato contro di noi? Sai che ci era stato garantito un sorvolo sicuro della regione, non è vero?"

"Certo." Sembra ancora più a disagio ora. "È per questo che stiamo conducendo le indagini. È probabile che si sia verificato un errore—"

"Un errore?" *Le urla, il fumo...* "Un errore del cazzo?" Mi sento come se un batterista si fosse insinuato nel mio cranio. "Dove *cazzo* sono gli altri?"

Sharipov sussulta, quasi impercettibilmente. "Temo che ci siano solo tre sopravvissuti oltre a lei ed Esguerra. Sono ancora privi di sensi. Spero che lei possa aiutarci a identificarli." Infilando una mano nel taschino, tira fuori il cellulare e mi mostra la schermata. "Questo è il primo."

Mi si contorce lo stomaco. Conosco l'uomo in quella foto.

John Sanders, "L'Uomo Nero," un ex detenuto britannico. Esperto di coltelli e bombe a mano. Mi sono allenato con lui, ho giocato a biliardo con lui. Era divertente, anche quando si sbronzava.

Forse, non sarà più così divertente. Non con la metà del volto completamente ustionata.

"L'aereo è esploso" dice Sharipov, probabilmente reagendo alla mia espressione. "Ha ustioni di terzo grado su gran parte del corpo. Avrà bisogno di vasti trapianti cutanei, se sopravvive. Sa come si chiama?"

"John Sanders" dico con voce roca, allungandomi per prendere il telefono. Il mio corpo protesta per quel movimento, con le tempie che palpitano di nuovo dal dolore nauseante, ma ho bisogno di vedere gli altri. Avvicinando il telefono, clicco per visualizzare la foto successiva.

Questo volto è quasi irriconoscibile—se non fosse per la cicatrice all'angolo del suo occhio sinistro. È una recluta recente, e sono stato io a insistere per farlo partecipare a questa missione.

"Jorge Suarez" dico, prima di passare alla foto successiva.

Questa volta non riesco nemmeno ad azzardare un'ipotesi. Non vedo altro che una massa di carne bruciata. "È ancora vivo?" Guardo Sharipov. Sento che le mie viscere si stanno contorcendo sempre di più, e so che questo è dovuto solo in parte alla mia commozione cerebrale.

Il colonnello annuisce. "È in condizioni critiche, ma potrebbe farcela. L'immagine successiva mostra la parte inferiore del suo corpo. Non è così bruciato."

Combattendo la mia nausea, faccio come dice, e studio le gambe pelose coperte da alcune strisce della tuta protettiva strappata. L'esplosione deve aver fatto saltare l'equipaggiamento protettivo; il materiale è fatto per sopportare una breve esposizione al fuoco, non l'esplosione di un aereo. È difficile dire chi sia quell'uomo vedendo solo le sue gambe. A meno che... Stringo gli occhi, osservando la foto più da vicino, e poi lo vedo.

Il tatuaggio raffigurante un uccello dietro uno dei pezzi strappati della tuta da combattimento.

"Gerard Montreau" dico con sicurezza. Il giovane francese è l'unico della squadra con quel tatuaggio.

Abbassando il telefono sul petto, guardo Sharipov. "Perché io non sono ustionato? Come ho fatto a sopravvivere all'esplosione? Ed Esguerra? È—"

"No, sta bene" mi rassicura Sharipov. "Per lo meno, non è rimasto ustionato. Voi due eravate nella cabina di pilotaggio, che è rimasta separata dal corpo principale dell'aereo durante lo schianto. La parte posteriore dell'aereo è esplosa, ma il fuoco non vi ha raggiunti."

La pulsazione nella mia testa diventa insopportabile, e chiudo gli occhi, cercando di metabolizzare il tutto.

Cinque uomini su cinquanta. Questo è tutto ciò che rimane del nostro gruppo. Gli altri sono morti. Bruciati o fatti a pezzi dall'esplosione. Posso immaginare il loro terrore mentre il fuoco inghiottiva la parte posteriore dell'aereo. Il fatto che ci siano dei sopravvissuti è a dir poco un miracolo—anche se i tre uomini nelle foto non la penseranno in questo modo.

Un errore. Che stronzata del cazzo.

Andrò a fondo nella questione, ma per prima cosa, devo svolgere il mio lavoro.

Sforzandomi di riaprire gli occhi, guardo Sharipov, che si allunga con cautela verso il telefono che ho ancora in mano. Che cazzo pensa che possa fargli? Strangolarlo mentre sono immobilizzato nel suo ospedale?

Non lo farò—a meno che io non scopra che è lui il responsabile di questo "errore."

"Deve mettere delle guardie del corpo per Esguerra" dico, stringendo il telefono. "Non è al sicuro qui."

Il colonnello si acciglia. "Che cosa intende? L'ospedale è perfettamente sicuro—"

"Ha molti nemici, compreso Al-Quadar, il gruppo terroristico la cui roccaforte è proprio oltre il confine. Deve garantirgli la protezione, e deve farlo adesso."

Sharipov sembra ancora dubbioso, così aggiungo: "I tuoi alleati del Cremlino non saranno contenti, se lui verrà ucciso o catturato sotto la tua custodia. Soprattutto dopo questo sfortunato 'errore'."

Sharipov serra la bocca, ma un attimo dopo, dice: "Va bene. Chiamerò qualche soldato. Si assicureranno che nessuna persona non autorizzata si avvicini al suo capo."

"Bene. Chiamane un bel po'. Quaranta o cinquanta saranno sufficienti. Quei terroristi non vedono l'ora di mettergli le mani addosso." La mia testa è davvero dolorante, e la gamba ingessata sta cominciando a farmi male come solo un osso rotto può fare. "Inoltre, devi mettermi in contatto con Peter Sokolov—"

"Abbiamo già parlato con lui. Sa dove si trova, e manderà un aereo per recuperare lei e gli altri. Ora, la prego." Sharipov tende la mano con il palmo rivolto verso l'alto. "Mi restituisca il telefono, Signor Kent."

Apro la bocca, volendo insistere per parlare con Peter da solo, ma prima di poterlo fare, sento qualcosa che mi punge il braccio. Immediatamente, una pesante stanchezza ha la meglio su di me, alleviando il dolore. Con la coda dell'occhio, vedo un'infermiera che fa un passo indietro, con una siringa in mano. "Che cosa—" comincio a dire, ma è troppo tardi.

L'oscurità cala su di me, e perdo conoscenza.

yulia

"Te l'ho detto, sto bene."

Ignorando le proteste dell'infermiera, tolgo l'ago della flebo dal polso e mi alzo. Ho le vertigini e mi fa male la testa, ma devo andarmene. A giudicare dalla luce del sole che filtra dalla finestra dell'ospedale, è già mattina o addirittura pomeriggio. La squadra estromissioni probabilmente se n'è già andata, ma in caso contrario, devo subito mettermi in contatto con Obenko.

"Dov'è la mia borsa?" chiedo all'infermiera, esaminando freneticamente la stanza. "Ho bisogno della mia borsa."

"Quello di cui hai bisogno è riposare." L'infermiera con i capelli rossi si avvicina, incrociando le braccia sul suo seno prosperoso. "Hai un grumo grosso quanto un uovo sulla testa per aver sbattuto contro quel palo, ed eri svenuta, quando ti abbiamo portata qui ieri sera. Il medico ha detto che dobbiamo tenerti sotto controllo per le prossime ventiquattr'ore."

La guardo storto. Mi sento come se la testa volesse scoppiare, ma restare qui significherebbe firmare la mia condanna a morte. "Dov'è la mia borsa?" ripeto. Mi rendo conto che ho solo il camice addosso, ma mi preoccuperò dei vestiti—e del mal di testa infernale—più tardi.

La donna alza gli occhi. "Oh, per l'amor del cielo. Se ti porto la borsa, mi prometti che riposerai e ti comporterai bene?"

"Sì" mento, e la guardo mentre cammina verso un armadietto sul lato opposto della stanza. Aprendo la porta dell'armadietto, tira fuori la mia borsa di Gucci e torna da me.

"Ecco." Spinge la borsa nelle mie mani. "Ora sdraiati, prima che cadi."

Faccio come dice, ma solo perché devo conservare la forza per il viaggio che affronterò. Sono passati meno di dieci minuti da quando mi sono svegliata qui, e sto tremando dallo sforzo di stare in piedi. Probabilmente dovrei restare sotto osservazione medica, ma non c'è tempo per questo.

Devo lasciarmi Mosca alle spalle prima che sia troppo tardi.

L'infermiera comincia a cambiare le lenzuola del letto vuoto accanto al mio, e io prendo il telefono per chiamare Obenko.

Squilla più volte . . .

Cazzo. Non risponde.

Riprovo. *Dai, su, rispondi.*

Niente. Non risponde nessuno.

Disperata, compongo il numero per la terza volta.

"Yulia?"

Grazie a Dio. "Sì, sono io. Sono in un ospedale di Mosca. Sono stata quasi colpita da un'auto—è una lunga storia. Ma me ne sto andando ora e—"

"È troppo tardi, Yulia." La voce di Obenko è calma. "Il Cremlino sa cos'è successo, e gli uomini di Buschekov ti stanno cercando."

Un brivido gelido mi attraversa. "Sono così veloci?"

"Uno degli uomini di Esguerra è ben introdotto a Mosca. Li ha mobilitati non appena ha saputo del missile."

"Cazzo."

L'infermiera mi rivolge un'occhiataccia, mentre raccoglie le lenzuola formando un grande mucchio sul letto vuoto.

"Mi dispiace" dice Obenko, e so che dice sul serio. "Il capo della squadra ha dovuto mettere al sicuro i suoi uomini. Nessuno di noi è al sicuro in Russia in questo momento."

"Certo" dico con il pilota automatico. "Ha fatto la cosa giusta."

"Buona fortuna, Yulia" dice Obenko, e sento il clic quando riattacca.

Sono sola.

Aspetto che l'infermiera se ne vada con la pila di lenzuola, e poi mi rialzo, questa volta senza dire una parola.

Il panico che mi attraversa è più forte di qualsiasi antidolorifico. Ignoro il mal di testa, mentre cammino verso l'armadietto che conteneva la mia borsa e guardo dentro.

Come speravo, ci trovo anche i miei vestiti, piegati ordinatamente. Do una rapida occhiata all'ingresso della stanza per verificare che la porta sia chiusa, poi tolgo il camice e metto gli abiti che indossavo prima. Mentre lo faccio, mi rendo conto che il grumo sulla testa non è l'unico danno. L'intera parte destra del mio corpo è ricoperta di lividi, e ho graffi dappertutto.

Quello stupido ubriaco. Avrei dovuto sparare a lui e ai suoi amici quando ne ho avuto la possibilità.

No. Faccio un respiro per calmarmi. È inutile provare rabbia ora. È una distrazione che non posso permettermi. C'è ancora una piccola possibilità che io possa lasciarmi la Russia alle spalle. Non posso perdere la speranza.

Non ancora, almeno.

Sistemo i capelli in uno chignon per nascondere le lunghe ciocche bionde, e poi controllo rapidamente il contenuto della mia borsa. C'è tutto, tranne il denaro nel portafogli e la pistola. Ma me lo aspettavo. Sono fortunata che non mi abbiano rubato la borsa mentre ero incosciente. Il rivestimento sul fondo della borsa ha qualche soldo contante di emergenza cucito in esso, e i ladri non l'hanno trovato, come confermato dall'assenza di strappi all'interno.

Stringendo la borsa, cammino verso la porta e attraverso il corridoio. L'infermiera non si vede, e nessuno mi presta attenzione mentre mi avvicino all'ascensore. Beh, un uomo anziano su una sedia a rotelle mi rivolge un cenno di apprezzamento, ma non c'è alcun sospetto nel suo sguardo.

Mi sta solo guardando, probabilmente rivivendo la sua giovinezza.

Le porte dell'ascensore si aprono con un leggero *ding*, ed entro dentro, con il cuore che mi batte troppo velocemente. Nonostante la facilità della fuga, ho i nervi scossi, con tutti gli istinti che mi ricordano del pericolo.

La mia stanza è al settimo piano dell'edificio, e la discesa è incredibilmente lenta. L'ascensore si ferma ad ogni piano, con i pazienti e le infermiere che entrano ed escono. Avrei potuto prendere le scale, ma quello mi avrebbe attirato inutili attenzioni. Nessuno usa quelle scale a meno che non debba proprio farlo.

Finalmente, le porte dell'ascensore si aprono al primo piano. Esco fuori—circondata da diverse altre persone, e in quel momento li vedo.

Tre poliziotti che entrano in ascensore sul lato opposto del corridoio.

Cazzo. Abbasso la testa e mi stringo nelle spalle, cercando di sembrare più bassa. *Non li guardare. Non li guardare.* Tengo lo sguardo incollato al pavimento e rimango vicina a un uomo alto e corpulento che è uscito dall'ascensore prima di me. Cammina lentamente e io faccio altrettanto, facendo del mio meglio per dare a vedere che sto insieme a lui.

Stanno cercando una donna sola, non una coppia.

Per fortuna, il mio inconsapevole compagno si dirige verso l'uscita, e ci sono altre persone intorno a noi, quindi non mi presta molta attenzione. La sua massiccia mole mi garantisce una copertura, e la sfrutto il più possibile, mantenendo la schiena curva.

*Cammina più velocemente. Dai, cammina più veloce-
mente*, supplico l'uomo tra me e me. Tutti i muscoli del
mio corpo sono contratti dalla voglia di correre, ma questo
annullerebbe ogni possibilità di lasciare questo ospedale
inosservata. Allo stesso tempo, so che devo essere fuori di
qui tra pochi minuti. Non appena i poliziotti si renderanno
conto che non sto al settimo piano, metteranno l'intero
ospedale in stato di allerta.

Alla fine, io e l'uomo raggiungiamo l'uscita, e vedo un
taxi che si ferma accanto al marciapiede.

Sì! Merito un po' di fortuna.

Lasciando l'uomo alle mie spalle senza pensarci due
volte, mi affretto verso il taxi e salgo proprio mentre la
donna all'interno sta scendendo. "La stazione di Lubyanka,
per favore" dico al tassista, mentre la portiera si chiude.
Lo dico nel caso la donna stesse prestando attenzione. In
questo modo, se dovessero farle qualche domanda dopo,
dirà loro la mia presunta destinazione e, spero, confonderà
un po' le tracce.

Il tassista annuisce e si scosta dal marciapiede. Non appena siamo sulla strada, dico: "Oh, in realtà, dimenticavo.
Dovrei prendere una cosa all'Azimut Olympic Hotel. Può
farmi scendere lì?"

Si stringe nelle spalle. "Certo, nessun problema. È lei
che paga, e io la porto dove vuole."

"Grazie." Mi sistemo sul sedile. Sono troppo nervosa
per rilassarmi completamente, ma parte della tensione si
è ormai allentata. Sono al sicuro per ora. Ho guadagnato
un po' di tempo. C'è un noleggio auto vicino quell'hotel. Una volta lì, mi travestirò e prenderò una macchina.

Controlleranno aeroporti, treni e mezzi di trasporto pubblici, ma c'è una piccola possibilità che io possa farcela a raggiungere il confine ucraino attraversando strade meno conosciute.

Il viaggio sembra non finire mai. Il traffico è critico, ma non così orribile come ieri. Eppure, con il tassista che frena e accelera ogni due minuti—e il paralizzante effetto dell'adrenalina—il mio mal di testa riaffiora in tutto il suo vigore, così come il dolore dei lividi e dei graffi. Soprattutto, prendo consapevolezza del vuoto allo stomaco e della secchezza alla bocca.

Naturalmente. Non mangio e non bevo da ieri pomeriggio.

Per distrarmi dal tormento, penso a Misha, a com'era nell'ultima foto che mi ha mandato Obenko. Il mio fratellino aveva il braccio intorno a una bella ragazza bruna—la sua attuale fidanzata, secondo Obenko. La ragazza sorrideva a Misha con un'ammirazione che rasentava l'adorazione, e lui sembrava fiero come solo un ragazzo adolescente può essere.

Per te, Misha. Chiudo gli occhi per fermare quell'immagine nella mia mente. *Te lo meriti.*

"Beh, questo non ci voleva" mormora il tassista, e apro gli occhi per vedere le auto che si fermano davanti a noi. "Mi chiedo se ci sia stato un incidente o qualcosa del genere." Abbassa il finestrino e ci infila la testa, scrutando in lontananza.

"C'è stato un incidente?" chiedo, rassegnata. È come se il destino stesse cospirando per tenermi a Mosca. Non è sufficiente che la Russia abbia degli inverni talmente brutali da decimare gli eserciti dei suoi nemici; ora ha anche un accalappia-spie.

"No" dice il tassista, rimettendo la testa dentro la macchina. "Non credo. Voglio dire, ci sono un sacco di auto della polizia, ma non vedo ambulanze. Potrebbe esserci un blocco oppure hanno preso qualcuno—"

Scendo dalla macchina prima che finisca di parlare.

"Ehi!" urla, ma sto già correndo, facendomi strada tra le auto ferme. Il disagio che provavo prima è scomparso, spazzato via da un forte aumento di paura.

Un blocco di polizia. In qualche modo, sono riusciti a individuare dove mi trovo—oppure hanno semplicemente bloccato tutte le strade principali nella speranza di prendermi. Comunque sia, sono fregata, a meno che io non riesca a scappare da questa città.

Il cuore mi batte all'impazzata mentre corro per la strada, dirigendomi verso il vicolo stretto che ho notato prima. Non sarà facile per loro seguirmi lì con la macchina, e se sono fortunata, riuscirò a tenerli lontano abbastanza da trovare un altro taxi.

Va bene qualsiasi cosa pur di prendere tempo.

Dietro di me, sento delle urla e il rumore di rapidi passi. "Fermati!" grida una voce maschile. "Fermati subito! Sei in arresto!"

Ignoro l'ordine, accelerando il passo. L'aria fredda mi fa male ai polmoni, mentre spingo i muscoli delle gambe oltre il limite. Il vicolo è davanti a me, stretto e buio, e mi sforzo di continuare a correre alla stessa velocità, di procedere senza neanche voltarmi.

"Fermati o sparo!" La voce sembra più lontana, cosa che mi dà un briciolo di speranza. Forse riuscirò a correre più veloce di lui. Sono sempre stata veloce, con le gambe lunghe che mi danno un vantaggio rispetto alle persone più basse.

Sento un colpo, con il proiettile che sfreccia davanti a me e si conficca nell'edificio di fronte.

Cazzo. Sta sparando *davvero.* Non so perché questo mi sorprenda. La polizia di Mosca non è esattamente nota per la cura dei cittadini che dovrebbe proteggere. È solo lo strumento del loro governo corrotto, tutto qui. Non dovrebbe scioccarmi che rischino l'incolumità dei cittadini innocenti per catturare me.

Un altro sparo, e la neve esplode da terra, alcuni metri davanti a me. Sento grida terrorizzate e vedo gente che cerca un riparo sul marciapiede.

Ignorando la confusione, accelero nel vicolo. Davanti ci sono due grandi cassonetti, e dietro di essi, una scala antincendio in metallo posta sul lato dell'edificio.

Un terzo sparo, e il proiettile rimbalza dal cassonetto, mancandomi di poco. Il poliziotto, o chiunque mi stia dando la caccia, ha una buona mira.

Sono quasi sulla scala, e salto più in alto che posso, riuscendo ad afferrare il gradino più basso della scala con le mani. Sfruttando lo slancio del salto, faccio oscillare le gambe e porto i piedi sulla barra di metallo. Agganciando le ginocchia alla barra di metallo, uso tutte le mie forze per tirarmi su abbastanza in alto da afferrare il gradino successivo della scala con la mano sinistra. Funziona, e mi metto seduta prima di iniziare a salire.

Un altro sparo, e la parete di fronte a me esplode, con schegge di mattoni che volano dappertutto.

Cazzo, cazzo, cazzo. Mi arrampico su per la scala il più in fretta possibile, scivolando sulle barre di metallo ghiacciate. Sento grida e imprecazioni sotto di me, e poi sento la scala tremare mentre un'altra persona ci salta sopra.

Credo che abbiano deciso di provare a catturarmi ancora viva.

Non abbasso lo sguardo, mentre continuo la mia pericolosa scalata. Non mi sono mai piaciute le altezze, quindi fingo che sia un allenamento e che un tappetino imbottito mi stia aspettando sotto. Anche se cadessi, starei bene. È una bugia, naturalmente, ma è utile per farmi proseguire, nonostante il cuore stia cercando di saltarmi fuori dalla gola.

Prima che possa rendermene conto, raggiungo il tetto, e salto dalla scala lanciandomi sulla superficie piatta. L'edificio su cui mi trovo ha la forma di un quadrato con un ampio buco in mezzo—la tipica struttura di epoca sovietica che occupa un intero isolato. Mi fermo giusto il tempo necessario per individuare un'altra scala sul lato opposto del palazzo, e poi ricomincio a correre, dirigendomi verso quella scala.

"Fermati!" grida di nuovo qualcuno, e mi rendo conto con un sussulto di paura che sono già arrivati qui, e che sono proprio alle mie calcagna. Non riuscendo a resistere, rivolgo uno sguardo frenetico dietro di me e vedo due uomini che mi inseguono. Indossano divise della polizia, e uno di loro ha una pistola. Sono entrambi uomini grossi, apparentemente veloci e forti. Non riuscirò a correre a lungo più veloce di loro.

Cambiando strategia, accelero il passo e sfrutto i due secondi di vantaggio che ho a disposizione per nascondermi dietro una canna fumaria di cemento. Appoggiandomi, ansimo per respirare, cercando disperatamente di non fare rumore, mentre cerco di riprendere fiato.

Tre secondi dopo, sento i passi degli uomini.

È giunto il momento di passare all'attacco.

Mentre il primo poliziotto mi supera, metto un piede fuori. Inciampa, cadendo con una forte imprecazione, e sento la sua pistola che scivola sul tetto ghiacciato.

Il tiratore è fuori gioco e disarmato.

Prima che il suo collega possa reagire, salto fuori davanti a lui, con la mano destra stretta in un pugno. Si abbassa automaticamente a sinistra, mentre agito il pugno verso di lui, e sfrutto lo slancio del suo movimento per spingere il pugno con la mano sinistra.

Il mio pugno sinistro colpisce il suo mento, e lui inciampa, grugnendo. Senza fermarmi, mi tuffo per afferrare la pistola, e vedo l'altro poliziotto che fa la stessa cosa.

Ci scontriamo, rotolando, e per un attimo, le mie dita sfiorano l'arma.

Sì! L'afferro, e quando il poliziotto cerca di atterrarmi, premo il grilletto.

Grida, stringendosi la spalla, e lo spingo via da me, con l'adrenalina che mi dà una forza quasi sovrumana. Sto già in ginocchio quando il secondo poliziotto si lancia su di me, stringendomi brutalmente il polso con la mano.

"Lascia andare l'arma, troia" sibila, e in quel momento, sento altri passi.

"L'hai presa, Sergey?" grida un uomo, e vedo altri cinque poliziotti, con le armi in pugno.

Non ha più senso lottare, così lascio cadere la pistola. Cade sul tetto con un tonfo sordo, mentre Sergey mi fa girare e mi ammanetta i polsi dietro la schiena.

Mi hanno catturata.

Ora posso abbandonare ogni speranza.

lucas

"Che cos'hanno fatto?"

La mia voce è un basso sibilo quando mi alzo, ignorando le mani dell'infermiera che si muovono nel tentativo di farmi sdraiare di nuovo. La rabbia che mi attraversa scaccia ogni residuo di stordimento procurato dal farmaco che mi ha dato prima. Non so per quanto tempo io sia rimasto privo di sensi, ma chiaramente ci sono rimasto troppo a lungo.

"I terroristi hanno attaccato l'ospedale qualche ora fa" ripete Sharipov, con il volto teso e stanco. "A quanto pare, abbiamo sottovalutato le loro capacità—e il loro desiderio di arrivare al suo capo. Visto che non abbiamo trovato il suo corpo tra i morti, possiamo solo supporre che l'abbiano preso."

"Hanno preso Esguerra?" Ci vuole tutto il mio autocontrollo per non saltare fuori dal letto e strangolare il colonnello con le mie mani nude—che sono ancora libere, noto tra me e me. "Hai lasciato che lo prendessero, cazzo? Ti avevo detto di farlo sorvegliare dalla sicurezza—"

"L'abbiamo fatto. Abbiamo messo a sorvegliare alcuni dei nostri migliori soldati—"

"Alcuni? Dovevano essere decine, fottuti idioti!"

L'infermiera sussulta al mio ruggito e salta al di fuori della mia portata. È una donna intelligente. In questo momento, strangolerei volentieri anche lei.

Sharipov serra la mascella. "Come ho detto, abbiamo sottovalutato quest'organizzazione terroristica. Non commetteremo quest'errore un'altra volta. È stato un bagno di sangue. Hanno ferito decine di pazienti e personale ospedaliero e hanno ucciso tutti i soldati di guardia."

"Cazzo." Colpisco il materasso con una tale forza che il pugno rimbalza dal cuscino. "Almeno, sei riuscito a seguirli?" Majid non sarebbe così stupido da portare Esguerra nella roccaforte di Al-Quadar sui Monti del Pamir; ormai saprà che abbiamo scoperto la sua ubicazione.

Sharipov fa prudentemente un passo indietro. "No. La polizia è stata subito avvertita, e abbiamo mandato altri soldati, ma i terroristi sono fuggiti prima che potessimo raggiungere l'ospedale."

"Figlio di puttana." Se non fosse per il gesso che mi immobilizza la gamba, scenderei dal letto e prenderei a pugni il volto esausto del colonnello. Ma vista la mia situazione, devo accontentarmi di sbattere di nuovo il pugno sullo scadente materasso. La testa mi pulsa per quel violento movimento, ma non me ne frega un cazzo.

Esguerra è stato preso mentre io ero sdraiato qui, drogato e ignaro.

Ho fallito, ho fallito nel peggiore dei modi.

"Dammi il telefono" dico, quando sono abbastanza calmo per parlare. "Ho bisogno di parlare con Peter Sokolov."

Sharipov annuisce e prende il telefono dalla sua tasca. "Ecco." Me lo porge con cautela. "Abbiamo già parlato con lui, ma è libero di fare altrettanto."

Resistendo alla voglia di afferrare la mano di Sharipov e di spezzargli il braccio, prendo il telefono e digito i numeri per una connessione sicura che mi porti su una serie di ripetitori. Con mio grande fastidio, Peter non risponde.

Sharipov mi sta guardando, quindi nascondo la mia frustrazione, riprovando. Più e più volte.

"Torno tra poco" dice Sharipov al mio quinto tentativo. "Contatti pure chi desidera."

Se ne va, e continuo a chiamare Peter, con la rabbia e la preoccupazione sempre più intense. Il consulente russo per la sicurezza di Esguerra porta sempre il telefono con sé, e non ho idea del motivo per cui sia improvvisamente irraggiungibile. Potrebbe esserci stato un attacco alla tenuta di Esguerra in Colombia? La sola possibilità mi fa vedere rosso.

Proprio quando sto per arrendermi, qualcuno risponde. "Pronto?" La voce lievemente accentata è quella inconfondibile di Peter Sokolov.

"Sono Kent."

"Lucas?" Il russo sembra sorpreso. "Sei sveglio?"

"Sì, cazzo, sono sveglio. Dove sei? Perché non rispondevi?"

C'è un attimo di silenzio sulla linea. "Sono appena atterrato a Chicago."

"Che cosa?" Questa è l'ultima cosa che mi sarei aspettato di sentire. "Perché?"

"La moglie di Esguerra. Vuole fare da esca ad Al-Quadar."

"Che cosa?" Per poco non salto giù dal letto, se non fosse per quel gesso maledetto.

"Sì, lo so. Ho avuto la stessa reazione. A quanto pare Esguerra, quel bastardo ossessivo, le ha inserito dei localizzatori nel corpo. Se la prendono per utilizzarla come esca contro Esguerra, sapremo dove si trovano."

"Cazzo." Il piano è brillante, ma dannatamente pericoloso. Se i terroristi trovano quei localizzatori nel suo corpo, la graziosa moglie di Esguerra pregherà di morire. E se Esguerra in qualche modo sopravvive, farà a pezzi Peter—lentamente—per aver usato la ragazza in quel modo. "È stata un'idea di Nora?"

"Già." C'è un pizzico di ammirazione nella fredda voce del russo. "Non so quale influenza lui abbia su di lei, ma è piuttosto determinata. Ero contrario in un primo momento, ma mi ha convinto."

Respiro e faccio uscire l'aria lentamente. Dovrei essere sorpreso—Esguerra ha rapito la ragazza, dopo tutto—ma non lo sono. A prescindere da com'è nata la loro relazione, è ovvio che qualunque cosa ci sia tra loro ora è reciproca. Sono tentato di uccidere Peter per non aver rispettato gli ordini di Esguerra, ma sarebbe uno spreco di tempo e di energia. Ormai non si può più tornare indietro. "Allora, qual è il piano esatto?" chiedo, invece. "Camminerai per le strade di Chicago per assicurarti che prendano l'esca?"

"No. Sto andando in Tagikistan. La squadra di soccorso è già lì. Non appena gli uomini di Majid la porteranno lì, interverremo per salvare lei—ed Esguerra."

"Sai che potrebbero non portarla da lui. Un video della tortura di Nora sarebbe altrettanto efficace."

"Lo so."

Certo che lo sa. Come me, è abituato ai giochi d'azzardo di vita o di morte. Potrei sottolineare i rischi fino all'eternità e non cambierebbe nulla. O il piano funzionerà o non funzionerà, e non posso farci niente.

"Hai capito cos'è successo?" chiedo, cambiando discorso. "Sharipov ha detto che potrebbe essersi trattato di un errore da parte loro."

"Un errore?" Sento lo sbuffo di derisione di Peter nel telefono. "Direi più lassismo in materia di sicurezza. Uno dei loro ufficiali è in combutta con gli ucraini da anni, e quegli idioti non se ne sono accorti fin quando lui non ha sparato un missile contro il vostro aereo."

"Ucraini?" Ha senso; ora che Esguerra si è alleato con i russi, gli ucraini vorrebbero eliminarlo. Ma . . . come hanno saputo della nostra conversazione così in fretta? Il ristorante di Mosca era sorvegliato? Buschekov ha fatto il doppio gioco? Oppure—

"È stata l'interprete" dice Peter, esprimendo la mia ipotesi successiva. "L'ho fatta catturare a Mosca, non appena ho saputo cos'era successo."

Un fastidioso segnale acustico risuona nel mio orecchio, e mi rendo conto di aver premuto il telefono così forte che ho quasi rotto uno dei pulsanti del volume.

"Che cazzo—"

"Scusa. Ho premuto il pulsante sbagliato." La mia voce è fredda e calma, anche se la lava incandescente mi scorre nelle vene. "L'interprete è una spia ucraina?"

"A quanto pare, sì. Stiamo ancora indagando sul suo background, ma finora almeno la metà della sua storia sembra essere stata inventata."

"Capisco." Mi sforzo di aprire le dita prima di distruggere completamente il telefono. "Ecco come hanno fatto ad agire così in fretta."

"Sì. In qualche modo, hanno scoperto esattamente quando tu ed Esguerra avreste attraversato lo spazio aereo uzbeko e hanno attivato il loro agente sul posto."

Il telefono emette un altro arrabbiato segnale acustico, mentre stringo involontariamente la mano. So esattamente come hanno scoperto i tempi: sono stato io a dire alla troia traditrice il nostro orario di partenza.

"Lucas?"

"Sì, sono qui." Non ricordo di essere mai stato così furioso. Yulia Tzakova—ammesso che questo sia il suo vero nome—mi ha preso per uno sciocco. La sua iniziale riluttanza, la sua aria di innocenza—era stata tutta una recita. Probabilmente sperava di avvicinarsi a Esguerra e, vedendo che non ci sarebbe riuscita, si è accontentata di me.

"Devo andare ora" dice Peter. "Ti ricontatterò quando atterreremo. Riposati un po' e guarisci; non devi fare altro in questo momento. Ti terrò al corrente dei nuovi sviluppi."

Riattacca, e mi sforzo di sedermi, con il mal di testa aggravato dalla rabbia che mi brucia dentro.

Se Yulia Tzakova incrocerà di nuovo il mio cammino, me la pagherà.

Me la pagherà per tutto quello che ha fatto.

Sono ancora furioso quando Sharipov torna per riprendersi il telefono. Mentre si avvicina al mio letto, mi siedo e lo guardo storto. "Un fottuto errore, eh?"

Alzando la mano, il colonnello si strofina il naso. "Stiamo interrogando l'ufficiale responsabile al momento. Non è ancora chiaro se—"

"Portami da lui."

Sembrando sorpreso, Sharipov abbassa la mano. "Non posso farlo" dice. "È una questione che riguarda i nostri militari."

"I tuoi militari hanno rovinato tutto. C'era un traditore come responsabile del tuo sistema di difesa missilistica."

Il colonnello apre la bocca, ma non gli permetto di ribattere. "Portami da lui" insisto. "Voglio interrogarlo io. Altrimenti, non avremo altra scelta che presumere che altri tra i tuoi militari o nel tuo governo siano stati coinvolti nell'attacco missilistico." Mi fermo. "E, forse, anche in questo attacco terroristico contro l'ospedale."

Sharipov sgrana gli occhi davanti alla mia implicita minaccia. Se si scoprisse che il governo uzbeko ha legami con un'organizzazione terroristica come Al-Quadar, questo potrebbe essere disastroso per il Paese. Non sarei sorpreso se il colonnello fosse consapevole delle nostre connessioni negli Stati Uniti e in Israele. Negandomi la possibilità di interrogare un ufficiale traditore, il governo uzbeko potrebbe inimicarsi la potente organizzazione di Esguerra e ottenere una reputazione mondiale di associazione con i terroristi.

"Devo discutere di questo con i miei superiori" dice Sharipov un attimo dopo. "Per favore, mi restituisca il telefono."

Glielo porgo e lo guardo uscire dalla stanza, mentre comincia a comporre un numero da chiamare. Aspetto, sicuro del risultato, e abbastanza certo che tornerà tra qualche minuto, dicendo: "Va bene, Signor Kent. Il nostro agente sarà qui entro la prossima ora. Può parlarci, ma nulla di più. Se ne occuperanno i nostri militari."

Lo guardo storto. L'unica cosa di cui il loro esercito si occuperà è il corpo del traditore, ma Sharipov non deve saperlo ora. "Portamelo" è tutto quello che dico, e poi mi sdraio e chiudo gli occhi, sperando che il dolore lancinante al cranio passi nella prossima ora.

Forse non posso mettere le mani sull'interprete in questo momento, ma posso sicuramente ottenere la mia vendetta da qui.

Quando il traditore arriva, le infermiere mi danno le stampelle e mi conducono in un'altra stanza d'ospedale. Mi ci vuole qualche minuto per riuscire a camminare con le stampelle—il fottuto mal di testa di certo non aiuta—e quando arrivo lì, l'uomo è seduto su un letto, con il Colonnello Sharipov e un soldato armato di M16 ai suoi fianchi.

"Le presento Anton Karimov, l'ufficiale responsabile dello sfortunato incidente aereo" dice Sharipov mentre cammino zoppicando verso di loro. "Può chiedergli tutto quello che vuole. Il suo inglese non è buono come il mio, ma dovrebbe capirla."

Una delle infermiere porta una sedia, e mi ci siedo, studiando l'uomo profusamente sudato davanti a me. Karimov è un uomo paffutello, sulla quarantina d'anni, con dei baffi neri e un po' stempiato. Indossa ancora l'uniforme dell'esercito, e vedo macchie di sudore sulle sue ascelle.

È nervoso. No, di più.

È terrorizzato.

"Chi sono le persone che ti hanno pagato?" chiedo, dopo che le infermiere hanno lasciato la stanza. Decido di procedere con calma, visto che probabilmente non ci vorrà molto per distruggere quest'uomo. "Chi ha dato l'ordine di abbattere il nostro aereo?"

Karimov rabbrividisce visibilmente. "N-nessuno. È stato solo un errore. Io tengo in ordine i comandi—"

Lo interrompo sollevando una stampella e spingendo l'estremità contro il suo inguine. Anche se applico solo una lieve pressione sulle sue palle, l'uomo impallidisce.

"Chi ha dato l'ordine di abbattere il nostro aereo?" ripeto, guardandolo. Vedo che Sharipov non approva il mio metodo di interrogatorio, ma lo ignoro. Così, spingo il bastone di legno in avanti, applicando una pressione maggiore sugli organi genitali di Karimov.

"N-nessuno" ansima Karimov, indietreggiando per allontanarsi dalla portata del bastone. "Io tengo in ordine i—"

Scatto in avanti. Si lascia sfuggire un grido acuto, mentre gli inchiodo le palle al materasso con il bastone. "Non mentirmi, cazzo. Chi ti ha pagato?"

"Signor Kent, questo non è accettabile" dice Sharipov, mettendosi tra me e il prigioniero. "Le abbiamo detto di fare solo domande. Se non la smette—"

Sto già in piedi, prima che possa finire di parlare, appoggiato a una stampella, mentre con l'altra mi scaglio contro il soldato armato. Egli solleva il suo M16 prima che io lo colpisca al ginocchio e lui barcolla in avanti, permettendomi di afferrare la sua arma. Un secondo dopo, tengo il fucile puntato contro Sharipov.

"Fuori" dico, alzando il mento verso la porta. "Tu e il soldato. Levatevi entrambi dal cazzo."

Sharipov fa un passo indietro, arrossendo. "Non so cosa pensi di fare—"

"Fuori." Alzo l'arma per puntargliela in mezzo agli occhi. "Subito."

Sharipov serra la mascella, ma fa come dico. Il soldato lo segue, rivolgendo una velenosa occhiata alle sue spalle. Non ho alcun dubbio che torneranno con i rinforzi, ma a quel punto sarà troppo tardi.

Non appena la porta si chiude dietro di loro, rivolgo la mia attenzione a Karimov. "Ora" dico, con tono quasi gradevole, mentre punto l'arma contro il traditore. "Dov'eravamo rimasti?"

Gli occhi dell'uomo sono sconvolti dalla paura. "È—è stato un errore. L'ho già detto. Non mi ha pagato nessuno. Nessuno—"

Premo il grilletto e guardo le pallottole attraversargli il ginocchio. Gli spari e le urla che seguono fanno peggiorare il mio mal di testa, cosa che fa aggravare anche la mia rabbia. "Te l'avevo detto di non mentirmi" ruggisco, quando le urla dell'uomo si affievoliscono di un tono. "Ora dimmi, chi ti ha pagato?"

"N-non lo so!" Singhiozza e si stringe il ginocchio, mentre il suo sangue bagna il letto dell'ospedale. "È arrivata l'e-mail! L'e-mail!"

"Quale e-mail?"

"Il-il mio Yahoo! Trasferiscono denaro alla mia banca da anni e poi chiedono dei favori. P-piccoli favori. Non li conosco. Non li ho mai visti—"

"Non sai chi sono?"

"N-no" singhiozza, cercando di fermare l'emorragia con le sue mani grassocce. "Non lo so, non lo so, non lo so . . ."

Cazzo. Mi ha quasi convinto. È troppo codardo per non fare i nomi e salvarsi la pelle, e probabilmente sapevano che era meglio non fidarsi di lui. Controlleremo la sua e-mail, ma dubito che ci troveremo molte informazioni.

Sentendo le grida e i passi nel corridoio, premo la pistola sulla fronte sudata di Karimov. "Ultima possibilità" dico, cupo in volto. "Chi sono?"

"Non lo so!" Il suo lamento è carico di disperazione, e mi rendo conto che sta dicendo la verità. Non sa niente, cosa che lo rende inutile. Sarei tentato di salvarlo per il divertimento di Esguerra o di Peter, ma lo sforzo per farlo uscire dal Paese sarebbe troppo grande.

Questo significa che non mi resta che fare una cosa.

Premo il grilletto, riempio Karimov di proiettili e guardo il suo corpo sbattere contro il muro, con il sangue e i pezzi del suo cervello che volano ovunque. Poi abbasso l'arma e faccio qualche respiro profondo, cercando di alleviare il martellante dolore alla testa.

Quando le truppe di Sharipov irrompono nella stanza pochi secondi dopo, sono seduto sulla sedia, con l'arma scarica ai piedi.

"Mi scuso per il disordine" dico, appoggiandomi alle stampelle per alzarmi. "Pagheremo noi per far ripulire questa stanza."

E ignorando l'orrore sui volti di tutti, comincio a zoppicare verso la porta.

yulia

"A quale organizzazione appartieni?" Buschekov si sporge in avanti, fissandomi con l'intensità di un serpente che vuole ipnotizzare la sua preda.

Osservo a mio volta l'ufficiale russo, senza nemmeno badare alla sua domanda. Non so dire se i suoi occhi siano giallastri o nocciola chiaro; di qualsiasi colore siano le sue iridi, riescono a fondersi con il bianco grigio-giallastro intorno ad esse, dando la totale illusione di una completa mancanza di colore degli occhi. In generale, tutto di Arkady Buschekov è grigio-giallastro, dalla tonalità della pelle ai ciuffi di capelli sul suo cranio lucido.

"A quale organizzazione appartieni?" ripete, continuando a fissarmi. Mi chiedo quante persone abbiano ceduto davanti a quello sguardo; se credessi nella vista a raggi x, giurerei che sta guardando dritto dentro di me. "Chi ti ha mandata qui?"

"Non so di cosa stai parlando" dico, non riuscendo a nascondere la stanchezza nella mia voce.

Sono passate più di ventiquattr'ore dalla mia cattura, e non ho dormito, né mangiato o bevuto qualcosa. Mi stanno distruggendo in questo modo, minando la mia forza di volontà. Questa è una tecnica di interrogatorio normale qui. I russi si considerano troppo civili per ricorrere alla tortura, quindi utilizzano questi metodi più "morbidi"—cose che disturbano la psiche invece di causare danni al corpo.

"Sai, Yulia Andreyevna"—Buschekov si rivolge a me con il mio nome e patronimico falso—"il governo ucraino ha negato ogni legame con te." Si avvicina ancora di più, facendomi venir voglia di piegarmi indietro. A questa distanza, posso sentire la puzza del pesce salato e delle patate all'aglio che deve aver mangiato per pranzo. "A meno che qualche agenzia ucraina non ufficiale non ti rivendichi, non avremo altra scelta che presumere che tu sia cittadina russa, come indica il tuo falso background" continua. "Sai cosa significa questo, vero?"

Lo so. Se il tradimento è l'accusa che muoveranno contro di me, verrò giustiziata. Non ho motivo di parlare, però. Obenko non si farà vivo per reclamarmi, nemmeno se rivelassi il nome della nostra agenzia non ufficiale. Un agente è nulla nell'ambito del grande schema delle cose.

Vedendo che rimango in silenzio, Buschekov sospira e si appoggia allo schienale della sedia. "Va bene, Yulia Andreyevna. Se è questo che vuoi." Schiocca le dita davanti allo specchio sulla parete alla mia sinistra. "Riparleremo presto."

Si alza in piedi e si dirige verso la porta in un angolo. Fermandosi davanti ad essa, si gira per guardarmi. "Rifletti su quello che ho detto. Le cose si metteranno molto male per te, se non collaborerai."

Non rispondo. Anzi, mi guardo le mani, che sono ammanettate al tavolo davanti a me. Sento la porta che si apre e si chiude mentre lui se ne va, e rimango da sola, escludendo le persone che mi stanno guardando da dietro lo specchio.

Le ore passano, ogni secondo peggiore del precedente. La sete che mi tormenta è paragonabile solo alla fame che mi consuma le viscere. Cerco di poggiare la testa sul tavolo per dormire, ma ogni volta che lo faccio, un allarme nell'orecchio suona negli auricolari, svegliandomi. Il rumore stridente è impossibile da ignorare, nonostante la stanchezza, e alla fine smetto di provare, facendo del mio meglio per estraniarmi qualche prezioso momento, rimanendo seduta sulla sedia.

So cosa stanno facendo, ma questo non lo rende affatto più facile da sopportare. Le persone che non hanno mai provato una prolungata privazione del sonno non capiscono che si tratta di una vera e propria tortura, che ogni parte del corpo dopo un po' comincia a spegnersi. Ho la nausea e sento freddo, e mi fa male tutto—lo stomaco, i muscoli, la pelle, le ossa . . . anche i denti. Il mal di testa di prima è un tripudio di dolore nel mio cranio, e le labbra si stanno screpolando per la mancanza di acqua.

Quanto tempo è passato da quando Buschekov mi ha lasciata sola? Alcune ore? Un giorno? Non lo so, e sto perdendo la voglia di saperlo. Se c'è una nota positiva in tutto questo è che non ho bisogno di andare al bagno. Sono troppo disidratata e ho lo stomaco troppo vuoto. Non che questo mi abbia salvata dall'umiliazione. All'arrivo, mi hanno spogliata e hanno esaminato ogni centimetro del mio corpo. Anche ora che indosso una tuta carceraria grigia, mi sento terribilmente nuda, con la pelle che mi si accappona al ricordo delle dita ricoperte di lattice delle guardie che mi hanno toccata dappertutto.

Chiudo gli occhi per un secondo, e lo stridulo allarme riprende a suonare, facendomi svegliare. Aprendo gli occhi, cerco di deglutire, di raccogliere quel pizzico di umidità che mi è rimasta in bocca in modo da potermi bagnare la gola. Mi sento come se avessi mangiato la sabbia. Deglutire fa più male che non deglutire, così mi arrendo, concentrandomi sulla sopravvivenza momento dopo momento. Non mi lasceranno morire in questo modo, non quando sperano di ottenere qualche informazione da me, quindi tutto quello che devo fare è aspettare che mi portino un po' d'acqua.

Per poi ricominciare a farmi le domande.

La mia mente vaga, tornando agli ultimi giorni. Non c'è alcun motivo per non pensare a Lucas ora, così mi abbandono ai ricordi. Acuti e contrastanti, mi inebriano, distogliendomi dal mio dolorante corpo esausto.

Ricordo il modo in cui mi ha baciata, il modo in cui entrava perfettamente dentro di me. Ricordo il suo sapore, il suo odore, la sensazione della sua pelle sulla mia. Mi guardava mentre mi scopava, con il suo sguardo che mi ha posseduta in tutta la sua intensità. Ha significato qualcosa per lui la serata che abbiamo passato insieme? O si è trattato solo di una scopata casuale, di un modo come un altro per togliersi una voglia mentre era a Mosca?

Mi bruciano gli occhi mentre guardo, senza vedere, la parete davanti a me. Qualunque sia la risposta, non mi importa. Non mi è mai importato, ma ormai non ha più alcuna importanza. Lucas Kent è morto, e il suo corpo probabilmente è stato fatto a pezzi.

La stanza si appanna, compare e scompare, e mi rendo conto che sto tremando, con il respiro corto e il cuore che mi batte dolorosamente veloce. So che probabilmente è dovuto alla disidratazione e alla mancanza di sonno, ma ho la sensazione che qualcosa dentro di me si stia rompendo, con la pressione intorno al mio petto dura e soffocante. Vorrei rannicchiarmi a palla, raggomitolarmi su me stessa, ma non posso, non con le mani ammanettate al tavolo e i piedi incatenati al pavimento.

Tutto quello che posso fare è sedermi e addolorarmi per qualcosa che non ho mai avuto—e che ormai non potrò più avere.

lucas

$\mathcal{D}$opo il mio interrogatorio a Karimov, Sharipov ordina a dieci soldati armati di sorvegliarmi e di accompagnare le infermiere, dopo che si sono prese cura di me. So che vorrebbe fare di più, come sbattermi in carcere, ma non osa farlo. Peter ha già fatto qualche magia con i suoi contatti russi, quindi tutti in questo ospedale si comportano benissimo, a parte la questione meno rilevante delle guardie armate.

Il mio entourage non mi dispiace. Ora che sono riuscito a liberare un po' della mia rabbia, sono un po' più calmo, e passo il tempo pensando alla morte di Karimov, al salvataggio di Esguerra e ad imparare a muovermi con le stampelle. Secondo i medici, ho una frattura alla tibia, quindi dovrebbero togliermi il gesso tra sei-otto settimane. Questo mi conforta un po', attenuando la rabbia e la frustrazione per essere rimasto in ospedale, mentre altri stanno facendo il mio lavoro.

Peter mi tiene aggiornato, quindi so che Al-Quadar ha abboccato all'esca. Ora è solo una questione di attendere che Nora venga portata nella cellula terroristica dov'è nascosto Esguerra. Sentendomi cautamente ottimista, prendo accordi affinché i due vengano portati in una clinica privata svizzera, dopo il salvataggio. Ho la sensazione che ne avranno bisogno. Discuto con Peter anche del modo migliore per estrarre Esguerra dal buco in cui lo tengono, e controllo regolarmente gli uomini ustionati, che ormai sono stabili, ma in coma farmacologico per far sì che non provino dolore. Avranno bisogno di altri trapianti cutanei—una spesa che Esguerra dovrà autorizzare al suo ritorno.

Con tutta questa attività, non passo molto tempo a riposare a letto, cosa che fa arrabbiare i medici che si prendono cura di me. Sostengono che non devo sforzarmi, né stressarmi affinché la mia commozione cerebrale guarisca. Li ignoro. Non capiscono che ho bisogno di tenermi occupato, che anche il peggior mal di testa è meglio che stare sdraiato lì a pensare a *lei*.

L'interprete russa / la spia ucraina.

Yulia.

Solo il suo nome mi fa aumentare la pressione sanguigna. Non so perché non riesco a togliermi dalla testa il suo tradimento. Non è nemmeno un vero tradimento. Razionalmente, capisco che non mi doveva alcuna lealtà. Sono andato a casa sua per usare il suo corpo, e alla fine è stata lei a usare me, invece. Questo fa di lei una nemica, una persona da uccidere, ma non significa che mi ha tradito. Non dovrei pensare a lei più di quanto pensi ad Al-Quadar.

Non dovrei, ma lo faccio.

Penso a lei continuamente, ricordando il modo in cui mi ha guardato e il modo in cui è rimasta senza fiato la prima volta che l'ho toccata. Il modo in cui era aggrappata a me mentre spingevo dentro di lei, la sua figa stretta e liscia intorno al mio cazzo. Mi voleva—di questo ne sono certo—e fare sesso con lei è stata la cosa più sexy che io abbia mai fatto.

Fanculo.

Non posso continuare a farmi questo. Devo dimenticare quella ragazza. È nelle mani del governo russo, il che significa che non è più un mio problema. In un modo o nell'altro, pagherà per quello che ha fatto.

È un pensiero che mi dovrebbe confortare, ma che, invece, mi fa infuriare di più.

"Li abbiamo presi."

Al suono della voce di Peter, mi alzo, troppo teso per rimanere seduto. "Come stanno?" È difficile tenere in mano il telefono, mentre devo sorreggermi con le stampelle, ma ci riesco.

"Esguerra è messo male. Gli hanno deturpato il volto—credo che abbia perso un occhio. Nora sembra stare bene. Ha ucciso Majid. Gli ha fatto saltare le cervella prima che intervenissimo." Peter sembra provare ammirazione per la ragazza. "Gli ha sparato a sangue freddo, è incredibile."

"Dannazione." Non riesco a immaginare quella scena, quindi non ci provo nemmeno. Anzi, mi concentro sulla prima parte della sua affermazione. "Esguerra ha perso un occhio?"

"Sembrerebbe di sì. Non sono un medico, ma il suo occhio non mi sembra a posto. Forse possono sistemarglielo in quella clinica svizzera."

"Sì." Se c'è un posto in cui sanno farlo, quella è la clinica svizzera. È famosa per il trattamento delle celebrità e i ricchi di qualsiasi provenienza, dai magnati del petrolio russi ai signori della droga messicani. Un ricovero lì parte dai trentamila franchi svizzeri a notte, ma Julian Esguerra può permetterselo senza problemi.

"Vuole che tu e gli altri siate trasferiti in quella clinica, tra l'altro" dice Peter. "Tra poco manderemo un aereo per te."

"Ah." Non mi aspettavo niente di meno, ma è comunque bello sentirlo dire. Guarire nella lussuosa clinica svizzera sarà molto meglio rispetto a questo buco di merda. "Non ti ha fatto a pezzi per aver permesso a Nora di farsi catturare?"

"Non ho parlato con lui. Sto mantenendo le distanze."

"Peter . . ." Esito un attimo, poi mi rendo conto che il ragazzo merita un giusto avvertimento. "Esguerra non è molto razionale quando si tratta di sua moglie. È probabile che—"

"Mi strappi il fegato con le sue mani? Sì, lo so." Il russo sembra più divertito che preoccupato. "È per questo che li porterò alla clinica e sparirò. Sono tutti tuoi ora."

"Sparirai? E la tua lista?" Non è un segreto che, in cambio dei tre anni di servizio, Esguerra ha promesso di fornire a Peter la lista con i nomi delle persone responsabili di quello che è successo alla sua famiglia.

"Non ti preoccupare." La voce di Peter si raffredda a livelli artici. "Andrà tutto bene."

"Va bene, amico." Probabilmente dovrei mandare un messaggio alle guardie, per avvisarle di catturare Peter. Esguerra senza dubbio mi premierebbe per questo, ma non posso tradire il russo in questo modo. Anche se non abbiamo lavorato insieme a lungo, ammiro quell'uomo. È un figlio di puttana con il sangue freddo, e questo lo rende straordinario in quello che fa. E, francamente, è abbastanza pericoloso da non farmi venir voglia di rischiare la vita di altri nostri uomini. "Buona fortuna" dico, e lo dico sul serio.

"Grazie, Lucas. Anche a te. Spero che tu ed Esguerra guariate al più presto."

E con questo, riattacca, lasciandomi ad aspettare l'aereo e a cercare di non pensare a Yulia.

Restiamo nella clinica svizzera per quasi una settimana. Durante quel lasso di tempo, Esguerra si sottopone a due interventi chirurgici—uno per le ferite al volto e l'altro per inserire una protesi nella sua cavità oculare sinistra.

"Hanno detto che in poco tempo le cicatrici saranno appena visibili" mi dice sua moglie quando la incontro nel corridoio. "E l'impianto oculare dovrebbe sembrare molto naturale. Tra qualche mese, tornerà quasi alla normalità."

Fa una pausa, studiandomi con i suoi grandi occhi scuri. "Come stai, Lucas? Come va la tua gamba?"

"Bene." Ho rifiutato gli antidolorifici, quindi in realtà mi fa malissimo, ma Nora non deve saperlo. "Sono stato fortunato. Lo siamo stati entrambi."

"Sì." Deglutisce. "Qual è la prognosi degli altri?"

"Sopravvivranno fino al prossimo intervento chirurgico." Questo è l'unica cosa positiva che posso dire sui tre uomini ustionati. "I medici dicono che ognuno di loro avrà bisogno di circa una dozzina di operazioni."

Annuisce tristemente. "Certo. Spero che gli interventi vadano bene. Se hai l'occasione di parlare con loro, fagli gli auguri da parte mia."

Annuisco. È improbabile, visto che sono completamente drogati, ma non vedo perché dovrei dirglielo. La giovane donna minuta davanti a me ha già abbastanza problemi di cui occuparsi. Esguerra ha detto che se la caverà, ma io ne dubito. Non molte diciannovenni della periferia americana fanno saltare la testa di un terrorista.

Sto per riprendere la mia strada, quando Nora mi chiede con calma: "Hai sentito Peter?" La sua espressione mentre mi fissa è difficile da decifrare.

"No, non l'ho sentito" le dico sinceramente. "Perché?"

Si stringe nelle spalle. "Ero solo curiosa. Gli dobbiamo la vita."

"Già." Ho la sensazione che ci sia dell'altro, ma non voglio indagare. Così, piego la testa verso di lei e continuo a camminare zoppicando verso la mia stanza.

Mentre dormo, quella notte, la spia bionda torna ad invadere i miei pensieri, e il mio cazzo si indurisce nonostante il mal di testa persistente. È stato così ogni notte nell'ultima settimana. Immagini a caso della nostra notte insieme mi tornano in mente non appena abbasso la guardia—quando sono troppo stanco per respingerle. Continuo a ricordare lo stretto buco della sua figa, le grida che le sfuggivano dalla gola mentre la scopavo, il suo odore, il suo sapore . . . L'ossessione è diventata tale che ho pensato di andare da una prostituta, ma per qualche motivo, l'idea non mi piace.

Non voglio solo fare sesso. Voglio fare sesso con *lei*.

Furioso, mi alzo, afferro le stampelle e torno in bagno per masturbarmi di nuovo.

Se tutto va bene, domani torneremo in Colombia, e questo capitolo della mia vita sarà concluso.

Forse, così dimenticherò Yulia una volta per tutte.

La Prigioniera

lucas

Poggio le dita sulla tastiera del portatile mentre fisso lo schermo, riflettendo su quello che sto per fare. Poi, faccio un respiro profondo e comincio a digitare. La mia e-mail per Buschekov è concisa e diretta:

Esguerra chiede di avere Yulia Tzakova sotto la propria custodia per ulteriori interrogatori.

Clicco "Invia" e mi alzo, godendo della libertà di muovermi senza stampelle. Sono passate due settimane da quando mi hanno tolto il gesso, e mi sento ancora euforico quando mi alzo e cammino senza assistenza.

Lasciando la mia biblioteca, mi dirigo in cucina per preparare un panino. Cucinare è un'abilità che non sono mai riuscito a perfezionare, quindi il mio panino è estremamente semplice: prosciutto, formaggio, lattuga e maionese tra due fette di pane.

Mi siedo al tavolo per mangiare, per non affaticare la mia gamba. Anche se sta guarendo bene, devo ancora combattere la tendenza a zoppicare. Sono passati solo due mesi dalla frattura, e l'osso ha bisogno di più tempo per riprendersi completamente.

Mentre mangio, il mio pensiero va alla probabile risposta dei russi alla mia e-mail. Non credo che Buschekov sarà felice di perdere la sua prigioniera, ma, allo stesso tempo, non credo che si opporrà. Le armi di Esguerra sono le migliori sul mercato, e man mano che il conflitto in Ucraina si avvicina, il Cremlino ha bisogno delle nostre consegne segrete ai ribelli più che mai.

In un modo o nell'altro, accetteranno la richiesta di Esguerra—che in realtà è la mia. Questo significa che dopo due mesi di ossessione per lei, metterò le mani su Yulia Tzakova.

Non ce la faccio più ad aspettare.

* * *

Nel corso dei due giorni seguenti, scambio una mezza dozzina di e-mail con Buschekov. Come sospettavo, non è molto felice, dicendo in un primo momento che parlerà della questione solo con Peter Sokolov.

"Sokolov al momento non è disponibile" dico a Buschekov durante una video-chiamata. L'ufficiale russo utilizza ancora una volta un'interprete—una donna di mezz'età questa volta. "Sono il portavoce di Esguerra per tutte le questioni ora, e lui vuole Tzakova sotto la sua custodia al più presto possibile, oltre a tutte le informazioni che finora siete riusciti a raccogliere su di lei."

"Non è possibile" ribatte Buschekov, dopo che l'interprete ha tradotto le mie parole. "È un problema di sicurezza nazionale—"

"Stronzate. Tutto quello di cui abbiamo bisogno sono i fascicoli sul suo background. Questo non ha nulla a che fare con la sicurezza nazionale russa."

Buschekov non dice niente per qualche istante dopo che la donna ha tradotto, e mi rendo conto che sta riflettendo su come affrontarmi nel migliore dei modi. "Perché avete bisogno di lei?" chiede alla fine.

"Perché vogliamo rintracciare l'organizzazione responsabile dell'attacco missilistico." Per lo meno, questo è quello che dico a me stesso: che voglio interrogare la ragazza personalmente per trovare i figli di puttana che hanno abbattuto il nostro aereo.

Buschekov non batte ciglio. "Non avete bisogno di Tzakova per quello. Vi daremo le informazioni non appena le avremo."

"Quindi, non le avete. Dopo due mesi." Sono sorpreso e colpito che non siano riusciti a piegare la ragazza. La sua formazione dev'essere di altissimo livello, se è riuscita a resistere a un interrogatorio così lungo.

"Le avremo presto." Buschekov incrocia le braccia davanti al petto. "Ci sono diversi modi per accelerare il recupero delle informazioni, e abbiamo appena ottenuto l'autorizzazione per usarli."

I miei muscoli dello stomaco si contraggono. Ho cercato di non pensare a quello che potrebbero farle a Mosca, ma di tanto in tanto, quei pensieri si insinuano nella mia mente, insieme ai ricordi della nostra notte insieme. Voglio che Yulia soffra, ma l'idea che delle anonime guardie russe abusino di lei fa agitare qualcosa di oscuro e brutto dentro di me.

"Non mi importa delle tue autorizzazioni." Mi sforzo di rimanere calmo, mentre mi appoggio alla videocamera. "La metterete sotto la nostra custodia. Se desiderate mantenere il nostro rapporto d'affari, voglio dire."

Mi fissa, e capisco che sta riflettendo, chiedendosi se io non stia bluffando. E lo sto facendo—Esguerra non ha autorizzato niente di tutto questo—ma Buschekov non lo sa. Per l'ufficiale russo, io rappresento l'organizzazione di Esguerra, e sto per staccare la spina da quello che è stato un rapporto reciprocamente vantaggioso.

"Non andrebbe a finire bene per voi, lo sapete" dice Buschekov alla fine. "Se pensate di mettervi contro di noi in quel modo."

"Forse." Non batto ciglio davanti a quella minaccia non troppo velata. "O forse no. I nemici di Esguerra raramente hanno successo."

Mi riferisco ad Al-Quadar, che è stata completamente decimata dopo il nostro ritorno. Siamo in guerra contro il gruppo terroristico da qualche mese, da quando hanno cercato di ottenere un tipo di esplosivo da Esguerra rapendo Nora. Tuttavia, le cose sono notevolmente migliorate da quando siamo tornati dal Tagikistan. Abbiamo rintracciato i fornitori, i finanziatori e i parenti lontani dei terroristi; nessuno anche lontanamente collegato al gruppo è sfuggito alla nostra ira. La conta dei morti ha quasi raggiunto i quattrocento, e la comunità dell'intelligence ne ha preso atto.

Buschekov non risponde per alcuni momenti di tensione, e mi chiedo se abbia scoperto il mio bluff. Ma poi dice: "Va bene. Sarà vostra entro un mese."

"No." Sostengo lo sguardo di Buschekov, mentre la donna traduce le mie parole. "Prima. Manderemo un aereo a prenderla domani."

"Che cosa? No, non—"

"Dovrebbe essere sufficiente per preparare tutto" interrompo l'interprete. "Ci aspettiamo lei *e* i suoi fascicoli. Sarà meglio per voi che non ci deludiate, credetemi."

E prima che lui possa dar voce a ulteriori proteste, mi disconnetto dalla videochiamata.

La mattina seguente, mi alleno con Esguerra e l'equipaggio, come al solito. Come me, è quasi tornato alla normalità, essendosi allenato con le nostre tre nuove reclute. Visto che la mia gamba sta ancora guarendo, pratico la boxe e il tiro al bersaglio, e sono più che un po' invidioso del fatto che lui riesca ad allenarsi correttamente.

Mentre lasciamo l'area dell'allenamento, lo aggiorno sugli ultimi sviluppi con Peter Sokolov. A quanto pare, il russo in qualche modo ha ottenuto la sua lista da Esguerra, e ora sta eliminando i suoi nemici uno dopo l'altro.

"C'è stato un altro omicidio in Francia, e altri due in Germania" dico a Esguerra, utilizzando un asciugamano per togliere il sudore dal mio viso. Questa zona della Colombia, vicina alla foresta amazzonica, è sempre calda e umida. "Non perde tempo."

"Proprio come pensavo" dice Esguerra. "Come ha agito questa volta?"

"Il ragazzo francese è stato trovato che galleggiava in un fiume, con evidenti segni di tortura e strangolamento, quindi suppongo che Sokolov lo abbia prima rapito. Per quanto riguarda i tedeschi, in un caso è stata un'autobomba, e nell'altro un fucile di precisione." Sorrido. "Non devono averlo fatto incazzare più di tanto."

"Oppure ha optato per la cosa più facile."

"Forse" concordo. "Probabilmente sa di avere l'Interpol alle calcagna."

"Ne sono certo." Esguerra sembra distratto, quindi penso che questo sia il momento giusto per parlare della situazione di Yulia.

"A proposito" dico, con noncuranza: "Mi stanno portando Yulia Tzakova da Mosca."

Esguerra si ferma e mi fissa. "L'interprete che ci ha traditi per gli ucraini? Perché?"

"Voglio interrogarla personalmente" spiego, mettendomi l'asciugamano intorno al collo. "Non mi fido del fatto che i russi facciano un lavoro approfondito."

Esguerra socchiude gli occhi, con la sua protesi estremamente reale. "È perché l'hai scopata quella notte a Mosca? È di questo che si tratta?"

Un'ondata di rabbia mi fa serrare la mascella. "Mi ha fregato. Letteralmente." Non mi faccio problemi ad ammetterlo. "Quindi sì, voglio mettere le mani su quella troietta. Ma penso anche che potrebbe avere delle informazioni utili per noi."

O per lo meno, spero che le abbia, così potrò giustificare questa folle ossessione per lei.

Esguerra mi studia un attimo, poi annuisce. "In questo caso, hai la mia approvazione." Riprendiamo a camminare, e lui chiede: "Hai già parlato di questo con i russi?"

Annuisco. "All'inizio, hanno cercato di dire che avrebbero trattato solo con Sokolov, ma li ho convinti del fatto che non sarebbe stato saggio schierarsi dall'altra parte. Buschekov ha capito molto bene quando gli ho ricordato dei recenti problemi di Al-Quadar."

"Bene." Esguerra sembra molto soddisfatto. Nel mondo del traffico d'armi illegali, la reputazione è tutto, e il fatto che i russi abbiano accettato le nostre richieste fa ben sperare per i nostri rapporti con clienti e fornitori.

"Già" dico, prima di aggiungere: "Sarà qui domani."

Esguerra solleva il sopracciglio sinistro. "Dove la terrai?" chiede. Non fa domande sulla mia iniziativa, perché si fida di me. Da quando gli ho salvato la vita in Tailandia, mi lascia un ampio margine d'azione.

"Nel mio alloggio" dico. "La interrogherò lì."

Sorride, immaginando l'interrogatorio. "Va bene. Divertiti."

"Oh, lo farò" dico. "Ci puoi scommettere."

Non sto nella pelle. Non vedo l'ora che Yulia metta piede su quell'aereo. Ho preso in considerazione l'idea di volare a Mosca e di prenderla io stesso, ma dopo qualche riflessione, ho deciso di mandare Thomas, un ex pilota della Marina, e qualche altro uomo di cui mi fido. Sarebbe sembrato strano se me ne fossi andato; essendo il braccio destro di Esguerra, c'è bisogno di me nella tenuta e non nella gestione di attività meno importanti come il recupero di una spia.

"Se c'è qualche problema, fammelo sapere subito" ho avvertito Thomas, anche se sono sicuro che non ce ne saranno.

Tra meno di ventiquattr'ore, Yulia Tzakova sarà qui.

Sarà mia prigioniera, e nessuno potrà salvarla da me.

15

yulia

La pesante porta di metallo alla fine del corridoio cigola, e mi sveglio di soprassalto, condizionata a reagire a quel rumore, come se fosse una scossa elettrica.

Stanno tornando per me.

Comincio a tremare—ennesima reazione condizionata. Per quanto vorrei rimanere forte, mi stanno distruggendo, facendomi a pezzi un po' per volta. Ogni estenuante interrogatorio, ogni umiliazione grande o piccola che sia, ogni giorno e notte in cui sono seduta lì senza cibo e senza poter dormire—tutto questo si accumula, distruggendo la mia forza di volontà pezzo dopo pezzo. E so che è soltanto l'inizio. Buschekov me l'ha fatto capire l'ultima volta in cui mi ha tenuta in quella stanza con lo specchio.

Cercando di controllare il respiro, mi siedo sul lettino, sistemando una sottile coperta sporca su di me. Fuori, sarà anche maggio, ma in questa prigione, è ancora inverno. Il freddo qui è eterno. Si insinua nelle pareti di pietra grigie e nelle sbarre di metallo arrugginite, filtra attraverso le fessure del pavimento e del soffitto. Non ci sono finestre, quindi il sole non scalda mai queste stanze. Vivo in un grigiore fluorescente, con le fredde pareti intorno a me ogni giorno più strette.

Passi.

Sentendoli, infilo i piedi coperti dai calzini negli stivali. I miei calzini sono sporchi, così come la tuta che indosso. Non faccio la doccia da tre settimane, e senza dubbio puzzo come un maiale. Questa è una di quelle piccole umiliazioni pensate per farmi sentire meno umana.

"Yulechka . . ." Una familiare voce cantilenante mi fa tremare ancora di più. Igor è la guardia che detesto di più, quello con le mani più grosse e il respiro più fetido. Nonostante le telecamere, riesce sempre a trovare una scusa per toccarmi e farmi del male.

"Yulechka" ripete, avvicinandosi alla mia cella, e vedo la gioia nei suoi luccicanti occhi castani. Usa la forma più familiare del mio nome, quello che normalmente sarebbe un vezzeggiativo se fosse pronunciato da genitori e altri membri della famiglia. Sulle sue labbra carnose, suona sporco e perverso, come se fosse un pedofilo che parla con una bambina.

"Sei pronta, Yulechka?" Fissandomi, raggiunge la serratura della porta della mia cella.

Reprimo la voglia di tornare con la schiena addosso al muro. Invece, mi alzo e butto via la coperta. Inventerebbe qualsiasi scusa pur di mettermi le mani addosso, così non gliene do nemmeno una. Mi avvicino semplicemente alle sbarre di metallo e rimango lì ad aspettare, con lo stomaco che si contorce dalla nausea.

"Ti vogliono di nuovo là fuori" dice, raggiungendo il mio braccio. Quasi vomito quando mi afferra il polso, con le dita grosse e grasse sulla mia pelle. Fa scattare una manetta su quel polso e poi mi afferra l'altro braccio, avvicinandosi. "Hanno detto che non tornerai qui" sussurra, e sento una delle sue mani afferrarmi il culo, con le dita che scavano dolorosamente nella spaccatura. "È un peccato. Mi mancherai, Yulechka."

Il vomito mi sale nella gola, mentre respiro il suo fetore— sigarette stantie e denti marci. Faccio appello a tutta la mia determinazione per non spingerlo via. Oppormi significherebbe dargli la possibilità di toccarmi ancora di più; lo so per esperienza. Così, resto lì e aspetto che mi lasci andare. Non mi violenterà—questa è un'umiliazione che mi è stata risparmiata, grazie alle telecamere— quindi, tutto quello che devo fare è rimanere ferma e non vomitare.

Pochi secondi dopo, mi mette la seconda manetta sul polso e fa un passo indietro, deluso.

"Andiamo" ringhia, afferrandomi il gomito, e ansimo per respirare l'aria non contaminata dal suo fetore, sperando disperatamente che il mio stomaco si accontenti. Ho già vomitato una volta, quando mi hanno dato da mangiare della carne grassa dopo avermi lasciata morire di fame per tre giorni, e mi hanno fatto ripulire il vomito con la coperta che è ancora sul mio lettino.

Con mio grande sollievo, la nausea si placa, mentre Igor mi accompagna lungo il corridoio, e rifletto su quello che ha detto.

Non tornerai.

Che cosa significa? Verrò trasferita in un'altra struttura o finalmente hanno capito che non vale la pena cercare di ottenere qualcosa da me? Sto per essere giustiziata? È quello a cui alludeva Buschekov, quando ha detto che avrebbe ricevuto una nuova autorizzazione?

Il cuore mi batte più forte, con una nuova ondata di nausea che mi attraversa. Non sono pronta per questo. Credevo di esserlo, ma ora che è giunto il momento, voglio vivere.

Voglio vivere per rivedere Misha.

Ma se dessi ai russi quello che vogliono, non lo rivedrei mai più. La sorella di Obenko e la sua famiglia sarebbero costretti a nascondersi, e mio fratello con loro. La vita felice di Misha sarebbe finita, e tutto questo per colpa mia.

No. La mia determinazione è riaffiorata.

Preferisco morire.

Almeno, uscirò da questo inferno una volta per tutte.

Nonostante la determinazione, le mie gambe sembrano di gelatina, mentre Igor mi conduce lungo un corridoio sconosciuto. Ci stiamo allontanando dalla stanza degli interrogatori, il che significa che la guardia non ha mentito.

Oggi sta succedendo qualcosa di diverso.

"Da questa parte" dice Igor, tirandomi verso una serie di doppie porte. Man mano che ci avviciniamo, si aprono

per noi, e sbatto le palpebre per l'improvvisa luce acce-
cante.

La luce del sole.

Sento il calore sulla mia pelle, così diverso dalla fredda
fluorescenza delle luci della prigione. Anche l'aria che si
diffonde attraverso quelle porte è diversa. È più fresca,
ricca di profumi tipici della città in primavera e che non
hanno nulla a che fare con la disperazione e la sofferenza
umana.

"Eccola" dice Igor, spingendomi attraverso le porte, e
con mio grande shock, una voce femminile ripete le sue
parole in un inglese con accento russo.

Strizzando gli occhi per la travolgente luminosità, giro
la testa per vedere un donna bassa di mezz'età accanto a
cinque uomini in un piccolo cortile. Dietro di loro, c'è un
grande muro con sopra del filo spinato e diverse guardie
armate.

"Chi sei tu?" chiedo alla donna in inglese, ma non risponde. Anzi, si gira per guardare uno degli uomini—uno
alto e magro che sembra essere il loro capo.

"Puoi andare ora, grazie" le dice, con un inglese-amer-
icano privo di accento, e mi rendo conto che la donna
dev'essere un'interprete.

Fa un cenno con la testa verso di lui e corre verso il
cancello sul lato opposto del cortile. L'uomo fa un passo
verso di me, e vedo un'espressione di disgusto sul suo viso.
Deve aver capito che non mi lavo da settimane.

"Andiamo" dice, afferrandomi il braccio e strappan-
domi da Igor.

"Dove mi stai portando?" Cerco di mantenere la calma. Questo non è proprio quello che mi aspettavo. Che cosa potrebbero volere gli americani da me? A meno che . . . È possibile che stiano con—

"In Colombia" dice l'uomo, confermando la mia terribile ipotesi. "Julian Esguerra ha richiesto l'onore della tua presenza."

E prima che io possa riflettere su questo nuovo sconvolgimento, mi trascina verso il cancello.

Non so quando io abbia cominciato a combattere—se sia successo dopo aver superato il cancello della prigione o quando abbiamo cominciato ad avvicinarci al furgone nero. Tutto quello che so è che una bestia si è svegliata dentro di me, e che ho iniziato a scagliarmi con tutte le forze residue contro l'uomo che mi tiene stretta.

Non ho idea di come il trafficante d'armi possa essere vivo e, in questo momento, non m'importa. All'animale in preda al panico dentro di me importa solo capire come evitare il terribile tormento che mi aspetta alla fine di quest'avventura. Ho letto il fascicolo di Esguerra e ho sentito le voci sul suo conto. Non è solo un uomo d'affari senza scrupoli.

È anche un sadico.

Ho le mani legate, per cui uso i piedi, prendendo a calci il ginocchio del capo, mentre mi rotolo e mi contorco nel tentativo di allentare la sua presa sul mio braccio. Lui grida, imprecando, ma sto già rotolando a terra, allontanandomi dai cinque uomini. Non vado lontano, naturalmente. Nel giro di un secondo, sono su di me, e due grandi uomini mi inchiodano a terra per poi rimettermi in piedi. Continuo a combattere contro di loro, dando calci, mordendo e urlando, mentre mi spingono nel retro del furgone. È solo quando le porte si chiudono e il furgone inizia a muoversi che smetto di lottare, esausta e tremante. Il mio respiro è rapido e rumoroso, e il mio cuore sbatte sulla cassa toracica in preda al terrore.

"Hijo de puta, quanto puzza" borbotta l'uomo che mi tiene, e arrossisco dall'imbarazzo, come se fosse colpa mia che mi hanno ridotta ad essere questa disgustosa creatura.

Mi mettono un panno in bocca, probabilmente per impedirmi di urlare di nuovo, e mi legano i polsi alle caviglie prima di gettarmi in un angolo del furgone e sedersi a pochi metri di distanza. Non mi toccano ulteriormente e, qualche minuto dopo, un po' del mio panico svanisce e ricomincio a riflettere.

Julian Esguerra vuole che mi consegnino a lui. Ciò significa che non è morto nell'attacco missilistico. Com'è possibile? Obenko mi ha mentito o in qualche modo Esguerra è stato fortunato? E se il trafficante d'armi è sopravvissuto, lo stesso vale per il resto del suo equipaggio?

E Lucas Kent?

Un familiare dolore mi trafigge il petto quando penso a lui. L'ho conosciuto per una sola notte, ma sono stata male per lui, ho pianto per lui nei freddi confini della mia cella. Potrebbe essere vivo? E se è vivo, riuscirò mai a rivederlo?

Sarà proprio lui a torturarmi?

No. Chiudo gli occhi. Non posso pensarci in questo momento. Devo vivere un minuto alla volta, come ho fatto in quella stanza degli interrogatori. È probabile che le prossime ore siano le ultime senza dolore per me—se non proprio le ultime della mia vita—e non posso sprecare quel tempo prezioso a preoccuparmi per il futuro.

Non posso sprecarlo pensando a un uomo che molto probabilmente è morto.

Così, invece di pensare a Lucas Kent, ripenso a mio fratello, al suo dolce sorriso e al modo in cui le sue piccole braccia tozze mi abbracciavano quando era piccolo. Avevo otto anni quando è nato, e i nostri genitori temevano che mi sarei risentita per l'intrusione di un nuovo bambino nella nostra famiglia tanto unita. Ma le cose non sono andate così. Ho voluto bene a Misha dal momento in cui l'ho conosciuto in ospedale, e quando l'ho abbracciato per la prima volta e ho sentito quanto era piccolo, ho capito che il mio compito sarebbe stato proteggerlo.

"È bellissimo che Yulia voglia così bene a suo fratello" dicevano gli amici dei miei genitori a loro. "Guarda come si prende cura di lui. Sarà una madre meravigliosa un giorno."

I miei genitori annuivano, sorridendomi, e io duplicavo i miei sforzi per essere una buona sorella, facendo tutto il possibile per assicurarmi che il mio fratellino fosse felice, sano e al sicuro.

Il furgone si ferma, distogliendomi dai miei pensieri, e mi rendo conto con un sussulto di panico che siamo arrivati.

"Andiamo" dice il capo del gruppo quando le porte del furgone si aprono, e vedo che siamo su una pista di atterraggio davanti a un jet privato Gulfstream. Non posso camminare con i polsi ammanettati alle caviglie, così l'uomo che si è lamentato del mio fetore mi porta fuori dal furgone e mi mette sull'aereo, il cui interno è la cosa più lussuosa che io abbia mai visto.

"Dove la vuoi?" chiede il capo, e percepisco il suo dilemma. Gli spaziosi sedili della cabina sono rivestiti in pelle color crema, come il divano accanto al tavolino. Qui tutto è pulito e bello, mentre io sono sudicia.

"Lì" dice il capo, indicando un sedile vicino all'oblò. "Diego, coprilo con un panno."

Un uomo dai capelli scuri annuisce e scompare nella parte posteriore dell'aereo. Ritorna un minuto dopo con quello che sembra essere un lenzuolo. Lo mette sul sedile, e l'uomo che mi tiene mi poggia lì.

"Vuoi che le tolga il bavaglio e che le liberi le caviglie?" chiede al capo, e l'uomo magro scuote la testa.

"No. Lascia quella troia così com'è. Imparerà la lezione."

E con questo, si allontanano, lasciandomi a guardare fuori dall'oblò, cercando di non pensare a cosa mi aspetterà quando l'aereo sarà atterrato.

yulia

"Andiamo." Due mani ruvide mi sollevano dal sedile, svegliandomi dal sonno inquieto. "Siamo arrivati."

Arrivati? Il mio cuore sussulta, quando mi rendo conto che siamo già atterrati. Devo essermi addormentata durante il volo, con la mia stanchezza che ha avuto la meglio sull'ansia.

Ora c'è un altro uomo a prendermi su di peso—Diego, così l'ha chiamato il capo. La sua presa su di me non è particolarmente delicata, mentre mi tiene sul suo petto. Tuttavia, sono contenta che non mi stiano facendo camminare. Dopo aver trascorso tutto il volo con le caviglie e i polsi ammanettati, non credo che i miei muscoli doloranti avrebbero potuto farcela. Senza contare che ho talmente fame che mi sento male e ho le vertigini. Mi hanno tolto il bavaglio e mi hanno dato un po' d'acqua durante il volo, ma niente da mangiare.

Non appena Diego scende dall'aereo, un'ondata di calda umidità mi attraversa, facendomi sentire come se fossi appena entrata in uno stabilimento balneare russo—o forse in una foresta pluviale. Quest'ultima è probabilmente una comparazione migliore, viste le folte piante rampicanti che circondano la pista d'atterraggio.

Nonostante il terrore nelle vene, sono abbagliata dal verde intorno a me. Amo la natura—l'ho sempre amata, sin da bambina—e questo posto mi piace moltissimo. L'aria profuma di vegetazione tropicale, gli insetti si muovono nell'erba e il sole è luminoso nonostante qualche nuvola nel cielo. Per un paio di momenti di beatitudine, mi sento come se fossi in paradiso.

Poi sento una macchina avvicinarsi, che mi riporta alla realtà.

Il proprietario di questo paradiso mi torturerà e mi ucciderà.

Il mio stomaco vuoto si stringe. Non voglio arrendermi alla paura, ma non posso fermare il terrore che si diffonde dentro di me, mentre l'auto—un SUV nero—si ferma davanti l'aereo.

La portiera del conducente si apre, e vedo un uomo alto, con le spalle larghe e con il sole che illumina i suoi capelli corti e chiari.

Smetto di respirare, con gli occhi incollati ai suoi lineamenti duri.

Lucas Kent.

È vivo.

I suoi occhi chiari mi fissano, e il mondo intorno a me si ferma, svanendo. Dimentico la fame e il disagio, le manette ai polsi e la paura del futuro.

L'unica cosa che ho in mente è l'irrazionale gioia che provo nel realizzare che Lucas è vivo.

Comincia a camminare verso di me, e mi sforzo di respirare di nuovo. È ancora più grosso di quanto ricordassi, con le spalle larghe e muscolose. Con la sua camicia mimetica senza maniche, i jeans strappati e un fucile d'assalto sul torace, sembra esattamente quello che è: un mercenario senza scrupoli che lavora per un signore del crimine.

"Me ne occuperò io adesso, Diego" dice, avvicinandosi a me, e comincio a tremare man mano che mi raggiunge, distogliendo lo sguardo da me. Diego mi consegna senza dire una parola, e la mia agitazione s'intensifica quando sento le mani di Lucas su di me ancora una volta, con il suo tocco che brucia nonostante la stoffa ruvida della mia tuta carceraria.

Facendo un passo indietro, si gira e inizia a portarmi verso la macchina, tenendomi a sé. Non sembra disgustato davanti alle mie condizioni e al fetore, e un brivido mi attraversa, mentre sento il calore del suo corpo insinuarsi dentro di me, sciogliendo parte del freddo residuo all'interno. Dovrei essere terrorizzata, ma provo di nuovo quella consapevolezza—quell'irrazionale attrazione che ho provato solo con lui. Allo stesso tempo, una pressione cresce dietro le tempie e gli occhi mi formicolano, come se fossi sul punto di piangere.

È vivo. È vivo.

Non mi sembra vero. Niente di tutto questo sembra reale. La mia realtà è la grigia cella puzzolente di una prigione russa. Sono le mani unte di Igor e la stanza degli interrogatori con lo specchio di Buschekov. Sono la fame, la sete e la nostalgia—nostalgia per la vita che ho perso quando la macchina dei miei genitori ha slittato sul terreno ghiacciato, per il fratello che ho visto solo nelle foto e per l'uomo che ho conosciuto in un solo giorno.

Per l'uomo che credevo di aver ucciso—quello che mi sta stringendo in questo momento.

Tutto questo potrebbe essere un sogno? Una fantasia inventata dalla mia mente esausta, privata del sonno? Potrebbe essere che in questo momento sono svenuta sul tavolo degli interrogatori, con quell'allarme squillante che mi fa riprendere conoscenza?

Il volto di Lucas è appannato davanti ai miei occhi, e mi rendo conto che *sto* piangendo, con delle brutte lacrime grosse che mi rigano le guance. Imbarazzata, cerco automaticamente di asciugarle, ma le mie mani, ancora ammanettate alle caviglie, non arrivano così lontano. Quel movimento finisce per essere goffo e impacciato, e vedo il volto di Lucas trasformarsi in pietra, quando mi guarda.

"Fottuta troia" dice, così piano che riesco a malapena a sentirlo. "Pensi di potermi manipolare con le tue lacrime?" Rafforza la sua presa su di me, che diventa dura e punitiva, mentre ci fermiamo davanti al SUV, e mi studia, come se stesse aspettando una risposta. Vedendo che non reagisco, i suoi lineamenti si induriscono ulteriormente. "Pagherai per quello che hai fatto" promette, con voce carica di rabbia. "Pagherai per tutto."

E con questo, apre la portiera e mi butta sul sedile posteriore. Quando la mia schiena colpisce la pelle imbottita, mi rendo conto che mi sbagliavo.

Questo non è un sogno.

È un incubo.

Il viaggio dura solo pochi minuti. Lucas guida in silenzio, senza dire niente, e io ne approfitto per ricompormi. Stranamente, ripensare alla sua minaccia mi aiuta a controllare le lacrime, con la mia gioia che si trasforma in gelida paura, mentre rifletto sul fatto che Lucas Kent è vivo—e che sarà proprio lui a farmela pagare.

Questo significa che l'incidente aereo è avvenuto davvero, dopo tutto? Se è così, come hanno fatto lui ed Esguerra a sopravvivere? Vorrei chiederlo a Lucas, ma non posso infrangere il silenzio, non quando sento la sua rabbia pulsare nell'aria come una forza maligna in attesa di essere scatenata. Si è tolto l'arma, poggiandola sul sedile anteriore accanto a lui, ma questo non attenua la minaccia che emana.

Mi può uccidere a mani nude, se è questo che vuole.

Mentre l'auto si lascia alle spalle la zona boscosa, vedo una grande casa bianca in lontananza. È circondata da prati verdi ben curati che contrastano con la giungla selvaggia dietro di noi. Più indietro, vedo torri di guardia distanziate a poche decine di metri l'una dall'altra. Quella vista non mi sorprende; il fascicolo di Esguerra diceva che la sua tenuta colombiana è massicciamente fortificata nonostante la sua posizione remota ai margini della foresta pluviale amazzonica.

Ma non ci dirigiamo verso la grande casa; percorriamo la giungla dirigendoci verso un gruppetto di case
più piccole e squadrate, formate da edifici a un solo piano.
Dev'essere lì che vivono le guardie e gli altri nella tenuta di
Esguerra, mi rendo conto vedendo degli uomini armati—e
una donna—entrare e uscire dagli alloggi.

L'auto si ferma davanti una delle case, quella con una
veranda, e Lucas scende, lasciando la pistola in macchina.
Sbatte la portiera, e mi blocco, cercando di non farmi prendere dall'ansia che mi sta soffocando dall'interno. La paura
è amara nella mia gola. In qualche modo, è peggio sapere
che sarà Lucas a farmi quelle cose terribili, che sarà lui a
strapparmi le unghie o a farmi a pezzi.

È peggio, perché ci sono stati momenti in quella
prigione di Mosca in cui ho immaginato di stare con lui,
fantasticando di essere abbracciata da lui e di sentirmi al
sicuro nel suo forte abbraccio.

Lucas gira intorno alla macchina e apre la portiera sul
retro. Allungandosi, mi afferra e mi trascina fuori, sempre
senza dire una parola, mentre mi solleva sul suo torace e
chiude la portiera con il piede. La sua presa su di me è di
nuovo brutale e punitrice, e so che questo è solo l'inizio.

Le mie fantasie stanno per frantumarsi sotto il peso
della realtà.

Mi conduce su per le scale fino alla veranda, camminando con facilità, come se fossi leggera come una piuma.
La sua forza è straordinaria, solo che non c'è sicurezza in

essa. Non per me, almeno. Forse per qualche altra donna, in futuro, qualcuna che amerà e che vorrà proteggere.

Qualcuna che non odierà tanto quanto odia me.

Mentre apre la porta d'ingresso e si gira di lato per farmi passare nella porta, intravedo volti curiosi che ci fissano dalla strada. Ci sono diversi uomini e una donna di mezza età, e in un momento di follia, sono tentata di chiedere loro aiuto, di supplicarli di salvarmi. Quel desiderio svanisce con la stessa rapidità con cui è affiorato. Queste persone non sono dei passanti innocenti. Sono i dipendenti di un sadico trafficante d'armi, e sono pienamente complici di qualunque destino si abbatterà su di me.

Così, rimango in silenzio mentre Lucas mi porta in casa e, ancora una volta, chiude la porta dietro di sé con il piede. Non mi sta guardando, così ne approfitto per studiarlo, notando l'aspetto granitico della sua mascella. È ancora furioso, con la rabbia che si sprigiona da lui come il calore da una fiamma. E mi domando come mai sia così arrabbiato. Sicuramente questo genere di cosa—far pagare i nemici di Esguerra—è la norma per lui. Mi sarei aspettata un freddo distacco, non questa rabbia vulcanica.

A pensarci bene, mi sarei aspettata che mi avrebbe portata in qualche magazzino o in un capannone, in un posto che non si sarebbero preoccupati di sporcare di sangue e liquidi corporei. Invece, mi ritrovo all'interno di una casa residenziale, anche se è arredata in modo semplice. Un divano in pelle nera, una TV a schermo piatto, moquette grigia e pareti bianche—la camera che mi fa attraversare non è lussuosa, ma sicuramente non è una camera di tortura.

Forse questa è la casa di Lucas? E se è così, perché sono qui?

Non ho il tempo di soffermarmi a lungo su questo, perché mi conduce in un grande bagno con piastrelle bianche. C'è una vasca enorme, una cabina doccia con pareti in vetro e un lavandino accanto a una toilette.

Sicuramente non è una camera di tortura.

"Perché mi hai portata qui?" La mia voce è roca e debole, non avendola usata da giorni. Non parlo da quando gli uomini di Esguerra mi hanno impedito di urlare a Mosca. "Questa è casa tua, non è vero?"

I muscoli della mascella di Lucas si contraggono, ma non risponde. Mi conduce nel box doccia, mi mette sul pavimento piastrellato e tira fuori una chiave. Afferrando le mie manette, le sblocca e le apre, poi passa a quelle sulle caviglie, e sblocca anche quelle. Alla fine, mi fa alzare in piedi.

"Hai bisogno di una doccia, cazzo" dice con durezza. "Togliti quei vestiti. Ora."

Mi tremano le ginocchia, con i muscoli delle gambe incapaci di sopportare la tensione improvvisa di stare in piedi, anche se la mia schiena dolorante è grata per essere finalmente di nuovo dritta. Mi gira la testa per la fame e la stanchezza cronica, ed è solo la presa di Lucas sul mio braccio che mi impedisce di cadere di nuovo a terra.

Una doccia? Vuole che faccia una doccia? Prima che io possa riflettere su questa bizzarra domanda, emette un rumore impaziente e afferra la cerniera della mia tuta, tirandola giù.

"Aspetta, posso—" Cerco di raggiungere la cerniera con una mano tremante, ma è troppo tardi. Lucas mi fa girare, sbattendomi il viso contro la parete della doccia, e mi tira giù la tuta fino alle ginocchia, lasciandomi con un paio di mutandine e un reggiseno sportivo—l'unica biancheria intima concessa in prigione. Nel giro di un secondo, mi strappa anche quelli, facendomi girare per costringermi a guardarlo.

"Non farmelo ripetere." Le sue dita afferrano la mia mascella con una morsa forte, mentre mi tiene il braccio con l'altra mano. "Farai quello che ti dico, chiaro?" I suoi occhi brillano dalla rabbia gelida e da qualcosa di più.

Lussuria.

Mi vuole ancora.

Il mio cuore batte a un ritmo furioso, trovandomi ancora una volta nuda davanti a lui. Avrei dovuto aspettarmelo, ma per qualche ragione, non l'ho fatto. Nella mia mente, quello che è successo tra noi prima era del tutto separato dalla punizione che sta per infliggermi, ma avrei dovuto immaginarlo.

Per gli uomini come Lucas Kent, la violenza e il sesso vanno di pari passo.

"Chiaro?" ripete, affondando dolorosamente le dita nella mia mascella, e sbatto le palpebre per annuire, l'unico movimento che posso fare. A quanto pare, è sufficiente, perché mi lascia andare e fa un passo indietro.

"Lavati" ordina, uscendo dalla cabina e chiudendo la porta a vetri dietro di lui. "Hai cinque minuti."

E incrociando le braccia sul suo torace massiccio, appoggia la schiena contro il muro e mi fissa, in attesa.

17

Lucas

Si allunga verso il rubinetto, tremando, e vedo lo sforzo che le costa ogni movimento. È debole e magra, infinitamente più fragile dell'ultima volta che l'ho vista, e il fatto che questo mi disturbi mi fa infuriare ancora di più.

Mi aspettavo di provare lussuria e odio, di godere della sua sofferenza, mentre avrei dato libero sfogo alla mia fame sulla sua ingannevole carne. Credevo di trattarla come il mio giocattolo erotico, fino allo svanire della mia ossessione, per poi fare tutto il possibile per trovare i burattinai che muovono i suoi fili.

Non avevo messo in conto che rivedere quella pallida creatura mi avrebbe fatto sentire in questo modo.

L'hanno lasciata morire di fame? A quanto pare è così, perché riesco a vedere ogni sua costola. Il suo stomaco è concavo, con le ossa iliache che sporgono, e i suoi arti sono dolorosamente esili. Deve aver perso almeno dieci chili negli ultimi due mesi, ed era già magra prima.

Riesce ad aprire l'acqua, e mi sforzo di rimanere fermo, mentre si allunga per prendere lo shampoo. Non mi sta guardando, con tutta la sua attenzione rivolta al suo compito, e sento una nuova ondata di rabbia, mista a lussuria e a quel qualcosa di sconvolgente.

Qualcosa che sembra sospetto, come il desiderio di proteggerla.

Fanculo. Stringo i denti, determinato a resistere alla bizzarra tentazione di fare un passo nella doccia e di stringerla. Non per scoparla, sebbene il mio corpo vorrebbe fare anche questo, ma per abbracciarla.

Per abbracciarla e confortarla.

Furioso, scivolo lungo il muro, guardandola mentre comincia a insaponarsi i capelli. Nonostante la sua estrema magrezza, il suo fisico è grazioso e femminile. I suoi seni sono più piccoli rispetto a prima, ma sono ancora sorprendentemente sodi, con i capezzoli rosa sotto il getto d'acqua. Vedo dei peli biondi dall'aspetto soffice tra le sue gambe; dopo quasi due mesi senza rasoio o ceretta, la sua figa dev'essere tornata al suo stato naturale. Il mio cazzo, semi-eccitato per averla denudata, si indurisce completamente, e immagino di entrare in quella doccia, tirandomi giù la lampo dei jeans e spingendo nel suo calore stretto senza preliminari. Immagino di prenderla, come il giocattolo erotico che volevo che fosse.

E non c'è niente che mi impedisca di farlo. È mia prigioniera. Posso farle tutto quello che voglio. Non ho mai costretto una donna, ma non ne ho mai voluta e odiata una allo stesso tempo. Scoparla sarebbe peggio che tagliare la sua delicata carne per farla parlare?

Non lo sarebbe. Posso farle del male come voglio.

Ma farle del male non è quello che voglio in questo momento. La violenza che ribolle dentro di me non è rivolta a lei. È rivolta a quelli che le hanno fatto del male. Quando l'ho vista nelle mani di Diego, con i suoi lunghi capelli disordinati intorno al viso pallido, ho provato una rabbia diversa da qualsiasi altra. E quando ha iniziato a piangere, ho dovuto davvero sforzarmi per non cullarla sul mio petto e prometterle che nessuno le avrebbe più fatto del male.

Nessuno, nemmeno io.

Quella voglia mi ha fatto infuriare prima, e continua a farmi infuriare ora. Non ho alcun dubbio sul fatto che la strega sapesse cosa mi stava facendo con quelle lacrime, proprio come ha saputo tirarmi fuori informazioni quella notte a Mosca. La sua fragile parvenza è proprio questo: una parvenza. Dietro la bella bionda si nasconde un agente addestrato, una spia tanto abile con i giochi della mente quanto con le lingue straniere.

"I tuoi cinque minuti sono scaduti" dico, staccandomi dal muro. Si è lavata i capelli e il corpo, e ora è in piedi sotto l'acqua con gli occhi chiusi e la testa piegata all'indietro. "Vieni fuori." La mia voce è dura, e non riflette nemmeno un accenno del tormento che sto provando.

Non le permetterò di fregarmi di nuovo.

Alle mie parole, sobbalza, spalancando gli occhi, e si allunga per chiudere l'acqua. Sta ancora tremando, anche se non come prima, e mi chiedo quanto di tutto questo sia una messinscena e quanto una reale debolezza.

Aprendo la porta della doccia, afferro un asciugamano e glielo lancio. "Asciugati."

Obbedisce, asciugando i capelli e poi il corpo. Mentre lo fa, noto i lividi sulle sue gambe e il petto, e le occhiaie bluastre sotto i suoi occhi stanchi.

Dannazione. Non sta recitando.

"Basta." Sopprimendo l'illogica fitta di pietà, le strappo l'asciugamano e lo appendo. "Andiamo."

I suoi occhi mi supplicano mentre la afferro per un braccio, ma ignoro la loro preghiera silenziosa, prendendola in modo inutilmente rude. Non posso cedere a questa debolezza, a quest'ossessione che sembra essere completamente fuori controllo. Nel corso degli ultimi due mesi, ho accettato il fatto di non riuscire a smettere di volerla, ma questo è qualcosa di completamente diverso.

Inciampa quando la tiro verso la porta, e mi fermo per tirarla su, dicendomi che sarà più facile prenderla in braccio che trascinarla. Mentre la dondolo sul mio torace, sento la leggera pressione dei suoi seni e il suo profumo, ora fresco e mescolato all'aroma del bagnoschiuma. Una nuova ondata di lussuria mi attraversa, spingendo da parte la mia consapevolezza della sua eccessiva leggerezza, e ne sono felice. Questo è esattamente ciò di cui ho bisogno: volerla e nient'altro. E non potrò averla fin quando sarà così fragile e patetica.

Ho bisogno che sia più forte.

La mia destinazione era la camera da letto, ma cambio direzione, deviando verso la cucina. Sento il suo respiro rapido—probabilmente ha paura—ma non si oppone. Senza dubbio, sa che sarebbe inutile, vista la sua debolezza.

Quando arriviamo in cucina, la metto su una sedia e faccio un passo indietro. Tira subito su le ginocchia al petto, nascondendo gran parte del corpo nudo. Ha gli occhi sgranati e spaventati quando mi fissa, con i capelli umidi sparsi sulla schiena e le spalle.

"Mangerai" le dico, avvicinandomi al frigo. Aprendolo, tiro fuori tacchino, formaggio e maionese, e metto tutto sul tavolo accanto al pezzo di pane già lì. Mentre preparo il panino, la tengo d'occhio, assicurandomi che non cerchi di tentare qualcosa—ma non lo fa. Resta seduta lì, guardandomi con diffidenza mentre spalmo la maionese su entrambe le fette di pane, infilo un po' di formaggio e tacchino, e metto tutto in un piatto.

"Mangia" dico, mettendole il piatto davanti.

Si passa la lingua sulle labbra. "Posso avere un po' d'acqua, per favore?"

Certo. Deve avere anche sete. Senza rispondere, mi avvicino al lavandino, verso un po' d'acqua nel bicchiere e glielo porgo.

"Grazie." La sua voce è dolce quando accetta la mia offerta, avvolgendo le dita affusolate intorno al bicchiere e sfiorando le mie nel farlo. Un brivido mi attraversa la schiena a quel tocco accidentale, e i miei jeans sembrano ancora una volta troppo stretti, con il cazzo teso sulla cerniera.

Distoglie lo sguardo per un attimo, prima di tornare a guardarmi, e vedo le sue pupille dilatarsi. Sa che la desidero, e questo la spaventa. La mano che tiene il bicchiere trema un po' mentre beve, e stringe l'altro braccio attorno alle ginocchia tirate su.

Bene. Voglio che abbia paura. Voglio che sappia che potrei volere il suo corpo, ma che non avrò pietà. Non le permetterò di manipolarmi un'altra volta.

Mentre beve, mi metto seduto e mi appoggio allo schienale della sedia, con le mani dietro la testa.

"Mangia. Ora" ordino di nuovo, quando mette giù il bicchiere, e lei obbedisce, affondando i denti bianchi e dritti nel panino con palese entusiasmo.

Nonostante la fame evidente, mangia lentamente, masticando bene ogni boccone. È una mossa intelligente; non vuole ammalarsi mangiando troppo e troppo in fretta.

"Allora" dico, quando ha consumato circa un quarto del pasto: "Qual è il tuo vero nome?"

Si ferma a metà del morso e mette giù il panino. "Yulia." Mi guarda senza battere ciglio.

"Non mentirmi." Tolgo le mani dalla testa e mi chino in avanti. "Una spia non userebbe mai il suo vero nome."

"Non avevo detto di chiamarmi Yulia Tzakova." Riprende il panino e dà un altro morso prima di spiegare: "Yulia è un nome comune in Russia e in Ucraina, ed è il mio nome di nascita. È la versione russa di Julia."

"Ah." Questo ha senso, e sono propenso a crederle. È sempre più facile utilizzare un'identità vicina a quella reale, quando si è sotto copertura. "Allora, Yulia, qual è il tuo vero cognome?"

"Il mio cognome non ha importanza." Piega le sue soffici labbra. "La ragazza a cui apparteneva non esiste più."

"Allora, non c'è nulla di male a dirmelo, non credi?" Mio malgrado, sono incuriosito. Che abbia importanza o meno, voglio sapere qual è il suo cognome.

Voglio sapere tutto di lei.

Alza le spalle e addenta di nuovo il panino. A quanto pare, non ha alcuna intenzione di rispondermi.

Digrigno i denti, ma ricordo a me stesso di essere paziente. I russi in due mesi non sono riusciti a ricavare utili informazioni da lei, quindi non posso certo aspettarmi che ceda nella prima ora. La priorità numero uno è che mangi e riacquisti le forze. Le risposte arriveranno dopo. Gliele tirerò fuori, in un modo o nell'altro.

Per ora, ripasso mentalmente le informazioni che Buschekov mi ha mandato su di lei. Non sono riusciti a scoprire molte cose. Tutto quello che Yulia ha ammesso è che ha ventidue anni, non ventiquattro come indicato sul suo passaporto falso, e che è nata a Donetsk, una delle zone tormentate dell'Ucraina orientale. Il governo ucraino ha rifiutato di riconoscerla come una di loro, quindi l'organizzazione per cui lavora deve essere privata o rigorosamente segreta. A quanto pare, ha davvero conseguito la laurea in Lingua Inglese e Relazioni Internazionali presso l'Università di Mosca; un registro attesta che Yulia Tzakova si è laureata lì due anni fa, e Buschekov è riuscito a rintracciare professori e compagni di classe che hanno verificato che effettivamente ha frequentato le lezioni.

Gli ucraini l'hanno reclutata all'università o l'hanno collocata lì? Non è da escludere che lavori con loro fin dall'adolescenza. Gli agenti vengono raramente reclutati così giovani, ma può succedere.

"Da quanto tempo fai questo lavoro?" chiedo, quando ha quasi finito il panino. Le sue pallide guance arrossiscono leggermente, e sembra tremare di meno. "Spionaggio per l'Ucraina, voglio dire."

Invece di rispondere, Yulia beve un sorso d'acqua, mette giù il bicchiere e mi guarda dritto negli occhi. "Posso andare al bagno, per favore?"

Stringo i pugni sul tavolo. "Sì—quando avrai risposto alla mia domanda."

Non batte ciglio. "Da un po'" dice, senza problemi. "Ora, posso fare la pipì al bagno? O devo farla qui?"

La rabbia che covava dentro di me si riaccende più forte di prima, e mi arrendo ad essa. Nel giro di un secondo, sono accanto a lei, la afferro per i capelli e la tiro su. Lei grida dal dolore, stringendo le mani sul mio polso, ma non le do neppure la possibilità di reagire. In meno di due secondi, la piego sul tavolo, torcendole il braccio dietro la schiena e premendole il viso sulla superficie del tavolo. Il piatto con i resti del panino cade dal tavolo, andando in frantumi sul pavimento, ma non me ne frega un cazzo.

Imparerà una lezione importante ora.

"Ripetilo." Mi chino su di lei, bloccando il suo corpo nudo sotto di me. Sento il suo rapido respiro che diventa irregolare, sento la curva del suo culo sul mio inguine, e il mio cazzo si indurisce, mentre delle perverse immagini sessuali mi invadono la mente. In questa posizione, tutto quello che devo fare è tirarmi giù la lampo, e sarò dentro di lei.

La tentazione è quasi insopportabile.

"Da quando avevo undici anni." La sua voce è flebile, soffocata dal tavolo. "Lo faccio da quando avevo undici anni."

Undici? Stordito, la lascio andare e faccio un passo indietro. Che razza di agenzia recluterebbe una ragazzina?

Prima che io possa metabolizzare la sua rivelazione, si solleva dal tavolo e mi guarda. "Ti prego, Lucas." Il suo volto è di nuovo pallido, con le labbra tremanti. "Ho davvero bisogno di andare al bagno."

Fanculo.

Le afferro il braccio. "Hai cinque minuti" la avverto, conducendola verso il bagno. "E non chiudere la porta. Ho la chiave."

Annuisce e scompare nel bagno, con i capelli semi-asciutti sulla sua esile schiena.

Scuotendo la testa, torno in cucina per ripulire.

Non voglio che si tagli i piedi nudi con i frammenti del piatto rotto.

yulia

Con le ginocchia tremanti, mi accascio contro la porta chiusa del bagno e cerco di calmare il mio respiro frenetico. Quello che è accaduto prima in quella cucina non avrebbe dovuto sconvolgermi così tanto, ma mi ha ricordato molto ciò che era successo . . . quel luogo buio da cui avevo cercato di fuggire con tutte le mie forze. Quella posizione—a pancia in giù e indifesa, con un uomo determinato a punirmi sopra di me—era fin troppo familiare, e sono entrata nel panico.

Sono entrata nel panico come quella quindicenne che credevo di aver sepolto.

Forse non sarebbe stato così male se fosse stato qualcun altro—chiunque altro. Avrei potuto metter su quel muro mentale d'acciaio, quello che in passato mi ha permesso di conservare la sanità mentale. Sarebbe stato più facile, se quello che provo per Lucas fossero solo la paura e il disgusto.

Se non avessi avuto quelle stupide fantasie su di lui in carcere, sarebbe stato meno devastante.

Facendo dei respiri profondi, mi sforzo di staccarmi dalla porta e vado al bagno. Ho solo un paio di minuti prima che Lucas torni, e non posso permettermi di sprecarli in questo modo. Mentre lavo le mani e i denti, mi guardo allo specchio, cercando di convincermi che posso farcela—che posso resistere a qualsiasi punizione egli abbia deciso di riservarmi, anche a quelle di natura sessuale.

"Tempo scaduto." La sua voce profonda mi spaventa, e mi rendo conto che sono rimasta qui, lasciando solo scorrere l'acqua. "Vieni fuori."

Il panico mi inonda le vene. "Solo un secondo" grido.

Non sono pronta per questo. Non sono pronta per *lui*. Per la prima volta dopo settimane, ho consumato un pasto normale e ho fatto una doccia, e in qualche modo questo peggiora le cose. Perché ora che mi sento semi-umana, sono profondamente consapevole della mia nudità e di quanto sia alla mercé di un uomo che vuole farmi del male.

Con il cuore che mi martella nel petto, scruto il bagno. Lucas non sarebbe così stupido da lasciare un'arma in giro, ma non ho bisogno di niente di speciale. Il mio sguardo cade sullo spazzolino di plastica che ho appena usato, e lo afferro. Con entrambe le mani, spezzo il manico in due. Come speravo, una parte resta tagliente e seghettata, e la stringo forte, nascondendola nella mano destra.

Con un altro respiro profondo, apro la porta ed esco. "Fatto" dico, sperando che non noti la tensione nella mia voce.

"Andiamo." Lucas mi afferra il braccio sinistro, e io inciampo, di proposito questa volta. Si gira per sorreggermi, e in quel momento alzo il braccio con la mia arma artigianale, puntando al suo rene. Spengo la parte del cervello terrorizzata al pensiero di ferirlo, la parte in cui vivono quelle fantasie, e lascio che la mia formazione prenda il sopravvento.

Si gira all'ultimo momento, con un riflesso felino, e, invece di pugnalarlo, riesco appena a graffiarlo. Lo spazzolino rotto si impiglia alla sua camicia, costringendomi a lasciarlo andare, ma non permetto che questo mi fermi. Continua a tenermi il braccio, così cado a terra, poggiando tutto il peso su quel braccio, e sferro un calcio con la gamba destra. Colpisco la sua mascella con il piede, con quell'impatto che mi provoca una scossa di dolore, ma lui indietreggia—cosa che mi concede la frazione di secondo di cui ho bisogno per liberarmi dalla sua presa.

Barcollando, corro in cucina, disperata, cercando di afferrare un coltello, ma prima che io possa fare più di due passi, mi abbranca da dietro. Riesco a girarmi, rotolando mentre atterriamo sul tappeto, e sbatto il gomito sul suo stomaco duro. L'impatto mi fa intorpidire il braccio. Lui continua a rotolare senza nemmeno un grugnito, e un attimo dopo mi immobilizza, stringendomi entrambi i polsi e sollevandoli sopra la mia testa, mentre mi inchioda a terra con le gambe potenti.

Non riesco a muovermi. Sono di nuovo impotente sotto di lui.

Respirando a fatica, lo guardo in preda al terrore, in attesa della sua reazione. La nostra lotta lo ha fatto eccitare; sento il suo duro rigonfiamento nei jeans sul mio stomaco nudo. O forse è duro da prima.

Comunque sia, so che mi punirà.

Il suo respiro è affannoso, con il petto che sale e scende sopra di me. Vedo la rabbia che brucia nei suoi occhi cerulei—rabbia e qualcosa di molto più primordiale.

Con mia grande sorpresa, un leggero calore mi attraversa, con la mente che sostituisce l'orrore della mia situazione attuale con lo straordinario piacere di quella notte. Così, resto sotto di lui, con il mio corpo che non sembra capire che allora era diverso.

Che l'uomo sopra di me non vuole solo il mio corpo.

Vuole la vendetta.

Abbassa la testa, e mi blocco, respirando a fatica, mentre le sue labbra sfiorano il mio orecchio sinistro. "Non avresti dovuto farlo" sussurra, con il respiro caldo che mi brucia la pelle. "Volevo darti più tempo, aspettare che riacquistassi le forze, ma hai oltrepassato il limite . . ." Preme la bocca sul mio collo, e sento la sua lingua su quella zona delicata, come se la stesse assaporando. "La mia pazienza è finita, bellissima."

Rabbrividisco, cercando di svincolarmi da quella calda bocca perversa, ma non posso andare da nessuna parte. Mi circonda, con quel corpo grande, muscoloso e pesante sopra di me. Quell'accenno di energia che avevo provato dopo il pasto è scomparsa, e la mia forza è tornata ad essere inesistente dopo settimane di privazioni. Sfinita, smetto di dimenarmi—e mi rendo conto che il calore si sta espandendo nel mio intimo, facendomi bagnare per l'indesiderata voglia.

"Lucas, ti prego." Non so perché lo stia implorando. Ho appena cercato di ferirlo; non mostrerà mai più pietà. "Ti prego, non farlo." L'istintiva reazione del mio corpo avrebbe dovuto farmi sopportare questo più facilmente, ma mette solo in evidenza la mia impotenza, la mia totale mancanza di controllo. Non posso affrontare questo con lui. Mi distruggerebbe. "Ti prego, Lucas, non farlo . . ."

Si muove sopra di me, con la bocca ancora vicina al mio orecchio. "Non fare cosa?" mormora, spostando entrambi i miei polsi in uno dei suoi grandi palmi. Muovendo la mano libera, la incunea tra di noi, facendo scivolare le dita tra le mie cosce per trovare il sesso. "Questo?" Il suo pollice preme sul mio clitoride, mentre il suo dito indice mi penetra.

Sussulto a quell'invasione, con il calore dentro di me che si trasforma in un dolore pulsante. I miei capezzoli si induriscono, e sento l'umidità aumentare, con il corpo desideroso di un atto che farebbe a pezzi la mia anima. "Non farlo. Ti prego." Le lacrime, stupide lacrime patetiche, cadono e non riesco a fermarle. Sgorgano e mi rigano le guance, facendomi bruciare dall'imbarazzo per la mia debolezza. "No, ti prego . . ." Spinge il dito ancora più in profondità dentro di me, e i vecchi ricordi riaffiorano, riportandomi in quel luogo buio e soffocante. Il mio respiro si trasforma in un frenetico ansimare, ed alzo la voce. "Ti supplico, Lucas, non farlo!"

Con mia grande sorpresa, si ferma, e poi, con un'imprecazione, rotola via da me, scattando in piedi. "Alzati" ringhia, afferrandomi le braccia per tirarmi su. Non appena sto dritta, mi trascina nel soggiorno e mi spinge sul divano, dicendo a denti stretti: "Se ti azzardi a muovere un muscolo . . ."

Confusa, lo guardo scomparire dietro l'angolo e riapparire un attimo dopo con una sedia e un rotolo di corda. Pone entrambe le cose al centro della stanza. Non mi sono mossa—sto tremando troppo per poterlo fare—e non oppongo resistenza quando mi prende, mi mette sulla sedia e mi lega le braccia dietro la schiena, fissandole alla solida struttura in legno della sedia. Poi usa altra corda per legarmi le caviglie alle gambe della sedia, lasciandole separate.

Quando ha fatto, si alza e mi fissa. Il rigonfiamento nei suoi jeans è ancora lì, ma la fame nei suoi occhi si è placata, trasformando il suo sguardo in ghiaccio.

"Tornerò tra qualche minuto" dice con durezza. "Quando tornerò, faresti meglio a essere pronta a parlare."

E prima che io possa rispondere, esce a passi svelti dalla stanza, lasciandomi legata, nuda e sola.

lucas

*E*ntro nel bagno e chiudo la porta con un movimento controllato, facendo attenzione a non sbatterla troppo duramente. Controllo—è quello di cui ho bisogno in questo momento.

Controllo e distacco da *lei*.

Il mio cazzo è come una spada nei jeans, con le palle così piene che mi sento come se potessi scoppiare da un momento all'altro. Non sono mai arrivato così vicino a scopare una donna per poi fermarmi.

Non mi sono mai negato qualcosa che volevo così tanto.

Era proprio lì, distesa sotto di me, con il suo slanciato corpo snello nudo e vulnerabile. Avrei potuto scoparla come volevo, lasciando sfogare la mia rabbia sulla sua carne delicata, placando il desiderio che mi tormenta da tanto tempo.

Invece, l'ho lasciata andare.

Figlio di puttana.

Mi guardo allo specchio, vedendo la furia e la frustrazione sul mio volto. Mi voleva—ho sentito quanto fosse bagnata, quanto il suo corpo stesse reagendo a me—e, tuttavia, l'ho lasciata andare.

Nonostante la bruciante necessità del mio corpo, non sono riuscito a violentarla.

Disgustato dalla mia debolezza, distolgo lo sguardo, passandomi la mano sui capelli corti. Lo stupro non è il peggior crimine che ho commesso in questi ultimi anni. Al servizio di Esguerra, ho ucciso e torturato uomini e donne, senza alcun rimorso. Prendere Yulia avrebbe dovuto essere la cosa più facile del mondo—ho sognato di scoparla ogni notte negli ultimi due mesi—eppure mi sono fermato.

Mi sono fermato perché il terrore nella sua voce era reale, e non ho potuto ignorarlo.

Stringendo i denti, alzo la canotta sotto la camicia ed esamino il mio torace. Non c'è sangue nel punto in cui l'arma di Yulia mi ha toccato, ma c'è un brutto graffio rosso. Probabilmente voleva colpire il mio rene. Se non fossi stato abbastanza veloce, avrei sanguinato in preda a un dolore infernale su quel pavimento—sempre se non mi avesse tagliato subito la gola. La mascella mi pulsa nel punto in cui il suo piede mi ha colpito, ricordandomi quanto sia infida e pericolosa.

Sarebbe stato più intelligente lasciarla con i russi.

No. Non appena quel pensiero mi passa per la testa, il mio intero corpo si irrigidisce dal rifiuto. Ora che finalmente è in mio possesso, trovo insopportabile l'idea che sia qualcun altro a tormentarla. Tutto dentro di me urla che è mia—e che posso scoparla e punirla come preferisco.

Nessun altro metterà mai più le mani su di lei.

Sbottonando i jeans, tiro fuori il cazzo gonfio e stringo il pugno intorno ad esso. Chiudendo gli occhi, immagino di essere dentro di lei e che siano le sue pareti interne a stringermi forte il cazzo.

Con quelle immagini pornografiche nella testa, ci metto meno di un minuto a venire, con il mio seme che sgorga sulla pulita ceramica bianca del lavandino.

yulia

Non so quanto tempo impieghi a rendermi conto che la tregua è reale, ma alla fine mi calmo abbastanza da smettere di tremare.

Non è andato fino in fondo.

Non mi ha costretta.

Ancora non mi sembra vero. So quanto fosse eccitato—l'ho sentito. Non aveva motivo di mostrare compassione. Non sono una donna qualsiasi che ha trovato in un bar; sono il nemico che ha cercato di fargli del male. Avrebbe dovuto godere della mia patetica supplica, sfruttando la debolezza che ho mostrato per distruggermi completamente.

Questo è quello che mi aspettavo, se non altro.

Abbassando la testa, guardo le mie gambe nude, cercando di capire perché si è fermato. Lucas Kent non è un principiante in questo mondo—neanche lontanamente.

Secondo il suo fascicolo, si unì alla Marina Americana subito dopo la scuola superiore ed entrò a far parte del programma di formazione SEAL alcuni mesi dopo. Quel fascicolo non conteneva molte informazioni sui suoi incarichi—solo che solitamente si trattava di missioni segrete ed estremamente pericolose—ma riportava il motivo per cui se ne andò.

Un omicidio dopo otto anni di servizio. L'uomo che mi tiene prigioniera uccise il suo comandante e scomparve nella giungla del Sud America. C'è un buco di quattro anni nel fascicolo dopo di ciò, ma alla fine, Lucas Kent è riemerso come braccio destro fidato ed estremamente implacabile di Esguerra.

Un brivido mi attraversa le braccia, e una specie di sesto senso mi fa alzare lo sguardo.

Due paia di grandi occhi scuri mi stanno guardando dalla finestra, uno enorme e bordato da folte ciglia, e l'altro un po' a mandorla.

Si tratta di due giovani donne, mi rendo conto, mentre quella con le ciglia folte scompare, lasciandomi a fissare l'intrusa più coraggiosa. La ragazza rimasta ha più o meno la mia età e sembra colombiana, con il viso rotondo e abbronzato, incorniciato da capelli scuri e lisci. È carina—ed estremamente incuriosita, a giudicare dal suo sguardo meravigliato.

Non ho il tempo di riflettere a lungo, perché un attimo dopo, si abbassa e scompare anche lei.

Confusa, continuo a fissare la finestra, in attesa, ma non le vedo più. Invece, sento dei passi e giro la testa per vedere Lucas che entra nella stanza con un'altra sedia.

Mettendola davanti a me, si siede su di essa e incrocia le braccia sul petto. "Bene, Yulia." Il suo sguardo è duro, mentre esamina il mio corpo nudo per poi tornare a concentrarsi sul mio viso. "Perché non cominci a raccontarmi la tua storia?"

La tregua è finita.

Cercando di mantenere la calma, mi bagno le labbra. "Posso avere un po' d'acqua?" Ho sete—e cerco disperatamente di prolungare l'interrogatorio il più possibile.

Non si muove. "Parla e l'avrai."

Deglutisco, concentrandomi sulla sua implacabile mascella. "Che cosa vuoi sapere?" Forse ci sono alcune informazioni basilari che posso condividere con lui, proprio come ho fatto con i russi. Posso confessare di essere una spia per gli ucraini—lo sa già—e posso raccontargli qualcosa del mio background.

Forse quell'informazione mi farà passare qualche altro minuto senza dolore.

"Hai detto che hai cominciato a undici anni." Mi guarda con freddezza, senza il minimo accenno della lussuria che bruciava tra di noi. "Parlami di loro—delle persone che ti hanno reclutata."

È inutile sperare di guadagnare del tempo con rivelazioni innocue.

"Non so molto di loro" dico. "Mi affidavano degli incarichi; tutto qui."

Stringe gli occhi. Sa che sto mentendo. "Davvero?" La sua voce è ingannevolmente dolce. "E anche iscriverti all'Università Statale di Mosca è stato un incarico?"

"Sì." È inutile negarlo. "Hanno falsificato i miei documenti e mi hanno iscritta all'università, in modo che potessi vivere a Mosca e avvicinarmi alle persone chiave del governo russo."

"Avvicinarti come?" Si sporge in avanti, e vedo qualcosa di oscuro lampeggiare nei suoi occhi chiari. "Esattamente, come volevano che svolgessi il tuo incarico, bellissima?"

Non rispondo, ma noto che lo sa già. Come farebbe una giovane donna a farsi strada negli ambienti governativi?

"Quanti?" La voce di Lucas è abbastanza affilata da farmi a pezzi. "Con quanti hai dovuto scopare per 'avvicinarti'?"

"Tre." Due funzionari di livello inferiore e un amico di Buschekov—è così che ho ottenuto il lavoro come interprete di Buschekov. "Sono dovuta andare a letto con tre uomini." Fisso Lucas, ignorando la vergogna nel profondo del mio cuore. "Esguerra sarebbe stato il quarto, ma sono finita con te."

Strizza gli occhi ancora di più, e una gelida paura fa accelerare i miei battiti. Non so perché lo stia stuzzicando in questo modo. Far arrabbiare Lucas è una pessima idea. Devo farlo calmare, per guadagnare un po' di tempo. Non importa che il disprezzo sul suo volto sia come un coltello conficcato nel mio fegato.

Un coltello vero sarebbe molto, molto peggio.

Si alza di scatto, incombendo su di me, e cerco di non sobbalzare, quando piego la testa all'indietro per incontrare il suo sguardo. I suoi occhi brillano, con la rabbia che lampeggia nuovamente nelle loro profondità grigio-azzurre. Per un attimo, penso che stia per colpirmi; invece, afferra una manciata dei miei capelli, facendomi piegare la testa ancora di più.

"Li volevi?" Stringe la presa sui miei capelli, facendomi bruciare gli occhi per il dolore al cuoio capelluto. "La tua figa si è bagnata anche per loro?"

"No." Sto dicendo la verità, ma vedo che non mi crede. "Non è stato così con loro. Si è trattato solo di una cosa che dovevo fare." Non so perché stia cercando di convincerlo. Non voglio che sappia che in qualche modo con lui è stato speciale, ma allo stesso tempo, non riesco a mentire su questo. "Faceva parte del mio lavoro."

"Proprio come io facevo parte del tuo lavoro." Mi guarda, e intravedo l'oscuro desiderio in agguato celato sotto la sua rabbia. "Mi hai dato il tuo corpo per ottenere informazioni."

Non lo nego, e vedo il suo petto gonfiarsi mentre respira. Mi preparo a sentire offensive parole di condanna, ma non arrivano. Anzi, la sua dolorosa presa sui miei capelli si allenta un po', come se si rendesse conto che il mio collo non può rimanere piegato in quel modo.

"Yulia . . ." C'è una strana nota nella sua voce. "Quanti anni avevi quando sei andata a letto con il primo dei tre?"

Sbatto le palpebre, colta alla sprovvista dalla domanda. "Sedici."

O, per lo meno, avevo sedici anni quando la nostra relazione è cominciata. Boris Ladrikov, un membro basso e un po' stempiato della Duma di Stato, è stato il mio primo ragazzo, e la nostra storia è durata tre anni. Mi ha presentata a tutte le persone importanti, tra cui Vladimir, che poi mi hanno assegnato come amante.

"Sedici?" ripete Lucas, e noto un muscolo che pulsa vicino al suo orecchio. È furioso, e non capisco perché. "Quanti anni aveva il tipo?"

"Trentotto." Non so per quale motivo Lucas mi stia facendo tutte queste domande irrilevanti, ma sono felice di rispondere, visto che lo distolgono dai temi più importanti. "Credeva che avessi diciotto anni; avevo assunto un'identità di due anni più grande."

Mi aspetto che Lucas stringa ancora di più, ma con mia grande sorpresa, lascia andare i miei capelli e fa un passo indietro.

"È sufficiente per ora" dice, e noto ancora una volta quella strana nota nella sua voce. "Continueremo tra un po."

Senza aggiungere una parola, si gira e lascia la stanza. Un minuto dopo, sento la porta aprirsi e chiudersi, e capisco di essere di nuovo sola.

21

Lucas

Una bambina. Era una bambina del cazzo quando l'hanno collocata a Mosca e l'hanno costretta ad andare a letto con squallidi pezzi di merda del governo.

La rabbia che mi attraversa è abbastanza calda da bruciarmi le viscere. C'è voluto tutto il mio autocontrollo per nascondere a Yulia la mia reazione. Se non mi fossi sbrigato a uscire di casa, avrei preso a pugni il muro.

L'impulso permane un'ora dopo, così sfogo la mia rabbia colpendo con forti pugni il sacco da boxe davanti a me. Vedo gli altri uomini lanciarmi sguardi perplessi; lo sto facendo da quaranta minuti, senza essermi fermato nemmeno per una breve pausa.

"Lucas, sei impazzito? Che cosa ti è preso?" La voce di un uomo spezza la mia concentrazione, e mi giro per vedere Diego. L'alto messicano sta sorridendo, con i denti bianchi che brillano sul suo viso abbronzato. "Non dovresti risparmiare un po' di energia per la tua prigioniera?"

"Vaffanculo, pendejo." Infastidito dall'interruzione, afferro la bottiglia d'acqua dal pavimento e ne bevo un sorso. Di solito mi piace Diego, ma in questo momento sarei tentato di usarlo come il mio sacco da boxe. "La mia fottuta prigioniera non è affar tuo."

"Ti ho aiutato a portarla qui, quindi, in un certo senso, è affar mio" ribatte, ma il sorriso scompare dal suo viso. Deve aver capito che non sono dell'umore giusto. "È la troia che ha provocato l'incidente, vero?"

Mi asciugo il sudore che gronda dalla fronte. "Che cosa te lo fa pensare?" Avevo l'impressione che solo io, Esguerra e Peter sapessimo del coinvolgimento di Yulia.

Diego si stringe nelle spalle. "L'abbiamo presa da una prigione russa, e tutti sanno che dietro c'erano gli ucraini. Mi sembrava ovvio. Inoltre, sembrava che tu avessi a cuore la questione, così . . ." Si ferma, quando gli rivolgo uno sguardo duro.

"Come ho detto, non sono affari tuoi, cazzo" dico con freddezza. L'ultima cosa che voglio è parlare di Yulia con gli altri uomini. Quello che avrebbe dovuto essere la cosa più facile del mondo—la vendetta—si è trasformato in un disastro di proporzioni epiche. La ragazza legata alla sedia del mio soggiorno non è chi credevo che fosse, e non ho idea di cosa fare al riguardo.

"Sì, va bene, nessun problema." Diego sogghigna di nuovo. "Ma dimmi una cosa. L'hai già scopata? Nonostante il fetore della prigione, ho notato che è un bel bocconcino—"

Gli do un pugno in faccia prima che finisca di parlare. Lo faccio senza riflettere; la furia che provo è troppo esplosiva per poterla contenere. Inciampa per la forza del mio colpo, e lo seguo, saltando e affrontandolo a terra. La mia gamba protesta per quel movimento improvviso, ma ignoro il dolore, facendo piovere una serie di colpi sul viso attonito di Diego.

"Kent, che cazzo ti prende?" Due mani d'acciaio mi afferrano per le braccia e mi trascinano lontano dalla mia vittima, resistendo ai miei tentativi di allontanarle. "Calmati, amico!"

"Che cosa sta succedendo qui?" La voce di Esguerra è come una spruzzata di acqua gelida sul fuoco della mia rabbia. Quando riprendo il controllo, mi rendo conto che Thomas ed Eduardo mi stanno tenendo le braccia, mentre il nostro capo è a circa cinque metri di distanza, all'ingresso della palestra in cui ci stiamo allenando.

"Solo una piccola divergenza." Riesco a mantenere la voce ferma nonostante la sete di sangue che ancora mi attraversa. Vedendo che non mi sto più opponendo, Thomas ed Eduardo mi lasciano andare e fanno un passo indietro, con visi inespressivi.

Sapendo che devo dire qualcosa, mi rivolgo alla guardia che ho aggredito. "Scusa, Diego. Mi hai preso in un brutto momento."

"Lo vedo" mormora, alzandosi in piedi con un certo sforzo. Gli sanguina il naso, e il suo occhio sinistro è già gonfio. "Devo metterci un po' di ghiaccio."

Si affretta a uscire dalla palestra, ed Esguerra mi rivolge uno sguardo interrogativo.

Mi stringo nelle spalle, come se il problema fosse troppo piccolo per perdere tempo a dare spiegazioni e, con mio grande sollievo, Esguerra non insiste. Anzi, mi informa di una videochiamata in programma questa sera con il nostro fornitore di Hong Kong—crede che la mia presenza sia una buona idea—e poi torna nel suo ufficio, lasciandomi a sparare alle lattine di birra con le guardie e a cercare di non pensare alla mia prigioniera.

yulia

Non so per quanto tempo io resti seduta lì, cercando di trovare una posizione comoda sulla sedia dura, ma alla fine, qualcuno che bussa alla finestra attira la mia attenzione. Sorpresa, alzo gli occhi e vedo la ragazza che mi stava guardando—quella con il viso rotondo. È lì fuori, con il naso premuto sul vetro, e mi fissa. Non vedo la sua amica, quindi dev'essere venuta da sola questa volta.

"Ciao" grido, non sapendo se parli inglese o se mi senta con il vetro che ci divide. "Chi sei?"

Esita un secondo, poi chiede: "Dov'è Lucas?" La sua voce è appena udibile a causa della finestra, ma posso dire che il suo inglese è di tipo americano, con un lieve accento spagnolo.

"Non lo so. Se n'è andato poco fa" dico, studiandola come lei sta studiando me. Non è uno scambio equo; tutto quello che vedo di lei è la testa, mentre lei mi sta vedendo in costume adamitico. Eppure, osservo i suoi lineamenti regolari e le labbra carnose, registrando quello che vedo nella mia mente, nel caso ne avessi bisogno in futuro.

Chi è? Potrebbe essere la fidanzata di Lucas? Il fascicolo non faceva riferimento a persone importanti nella sua vita, ma Obenko non può essere a conoscenza delle relazioni di Lucas in questa tenuta. Per quanto ne sappia, il mio rapitore potrebbe avere una moglie e tre figli qui. Avere una bella ragazza giovane sarebbe un gioco da ragazzi per lui; Lucas è un uomo virile, molto sexy, che non avrebbe problemi ad attrarre le donne, persino in un luogo sperduto come questa tenuta.

Più ci rifletto, più ha senso per me. È per questo che non mi ha scopata.

Non è stato a causa delle mie suppliche, ma perché non voleva essere infedele.

"Che cosa vuoi?" chiedo alla ragazza, cercando di ignorare l'irrazionale sensazione di tradimento che provo tutto d'un tratto. Non sembra turbata vedendomi nuda e legata, quindi, ovviamente, sa cosa mi farà il suo ragazzo. "Perché sei qui?"

Apre la bocca come per rispondere, ma poi scompare dalla mia vista. Un attimo dopo, sento la porta anteriore che si apre e capisco il perché.

Lucas è tornato.

Un brusio di consapevolezza mi attraversa, non appena sento i suoi passi. Entra nella stanza, fermandosi proprio davanti a me, e vedo che la sua pelle abbronzata brilla dal sudore. La camicia senza maniche è aderente al suo torace muscoloso, e in mezzo vedo una macchia di sudore. È potente, incredibilmente mascolino, e, quando incrocio il suo gelido sguardo, mi rendo conto di un doloroso calore tra le gambe.

Per quanto possa sembrare incredibile, lo voglio.

Con un grande sforzo, stacco gli occhi dal suo viso, temendo che possa capire quello che sto provando. Le mie interazioni con lui non hanno alcun senso. Ho appena saputo che ha una ragazza, e anche se non l'avesse, come posso volere un uomo di cui ho paura? E perché non mi ha ancora fatto del male?

Il mio sguardo si posa sulle sue nocche, e mi accorgo che ha dei lividi.

Ha appena fatto a botte con qualcuno.

Vorrei chiederglielo, ma rimango in silenzio e mi guardo le ginocchia. È ancora arrabbiato—lo sento—e non voglio provocarlo. Non menziono nemmeno la sua fidanzata, anche se sto morendo dalla voglia di parlarne. Per qualche ragione, la ragazza dai capelli scuri non voleva che lui sapesse che mi stava spiando, e per il momento non voglio tradirla.

Ho bisogno di qualunque vantaggio, per quanto possa essere minuscolo.

"Hai fame?" chiede Lucas, e alzo lo sguardo, sorpresa dalla domanda.

"Un po'" rispondo con cautela. In realtà, sto morendo di fame, con il mio corpo che ha disperatamente bisogno di sostentamento dopo settimane di fame senza sosta, ma non voglio che usi questo contro di me. Devo anche fare pipì—cosa su cui ho cercato di non concentrarmi troppo.

Mi fissa, poi annuisce, come se avesse preso una decisione. Girandosi, scompare nel corridoio e si dirige verso il bagno, poi sento l'acqua che scorre. Si sta facendo la doccia?

Tre minuti dopo, riappare, indossando un paio di pantaloncini di cotone neri e una T-shirt pulita. Il suo collo muscoloso brilla per le gocce d'acqua, e profuma come il bagnoschiuma che ho usato prima, confermando la mia ipotesi sulla doccia.

Accovacciandosi davanti a me, mi slega abilmente le caviglie per poi concentrarsi sulle braccia. "Andiamo" dice, afferrandomi il gomito per farmi alzare in piedi. "Puoi andare al bagno, e poi mangerai."

Mi conduce al bagno, e io cammino accanto a lui, troppo sconvolta per pensare a un altro tentativo di fuga. "Va' avanti" dice, dandomi una spinta quando arriviamo al bagno, ed entro, decidendo di non mettere in discussione la mia fortuna.

Mentre mi lavo le mani, vedo un altro spazzolino intatto sul ripiano. Per un attimo, sono tentata di ripetere la mia precedente bravata, ma decido di non farlo. Se non sono riuscita a sopraffarlo prima con l'elemento sorpresa, di certo non riuscirò a farlo ora che è a conoscenza delle mie capacità.

Inoltre, ha detto che mi avrebbe dato da mangiare, e il mio stomaco sta facendo le capriole al solo pensiero del cibo.

"Mani" dice Lucas, afferrandomi i polsi non appena esco dal bagno, e io apro i palmi, mostrandogli che sono vuoti. Mi rivolge un cenno di approvazione. "Che brava ragazza."

Alzo le sopracciglia per il suo strano comportamento, ma mi sta già riportando in cucina.

"Siediti" dice, indicando una sedia, e io obbedisco, osservandolo, mentre tira fuori gli stessi ingredienti che ha usato a pranzo e comincia a preparare due panini. Mentre lo fa, esamino rapidamente la cucina, cercando di individuare qualcosa che potrei usare come arma. Con mia grande delusione, non vedo coltelli, né roba del genere. I ripiani sono vuoti e puliti, ad eccezione del tostapane. Non ha nemmeno la pistola; deve aver riposto tutte le armi da qualche altra parte, forse nell'auto.

"Ecco" dice, mettendomi un piatto davanti, e noto che è di carta, non di ceramica come quello che prima si è rotto. Anche il coltello che ha usato per spalmare la maionese è di plastica. Ora è cauto con me. Non ho dubbi sul fatto che se cercassi tra i cassetti troverei qualcosa, ma Lucas sarebbe su di me prima che io potessi aprirne uno.

Ho le mani libere, ma la fuga resta impossibile.

Mi passo la lingua sulle labbra secche. "Posso avere—"

"Acqua? Eccola." Versa l'acqua del lavandino in un bicchiere di carta, lo mette davanti a me e si siede dall'altra parte del tavolo con il suo panino.

Ho un milione di domande per lui, ma bevo la mia acqua e mangio la maggior parte del panino prima di cedere all'impulso. L'ultima cosa che voglio è farlo arrabbiare e fargli cambiare idea su questo pasto.

Alla fine, non posso più aspettare. "Perché stai facendo questo?" chiedo, mentre finisce il suo cibo. Il mio stomaco è saturo, e mi sento sempre più forte man mano che il corpo assorbe le calorie. "Che cosa vuoi da me?"

Lucas mi guarda, con i lineamenti duri, e mi rendo conto che mi stava fissando i seni—visibili tra i miei capelli lunghi. Arrossisco, e i miei capezzoli si induriscono, reagendo al malcelato desiderio nei suoi occhi. È tutto il giorno che sono nuda davanti a lui, e mi sto abituando, ma questo non significa che la situazione non sia intensamente sessuale. Mentre sorreggo il suo sguardo, rifletto sul fatto che probabilmente la ragione del suo silenzio durante la cena dev'essere stata la distrazione del mio corpo nudo.

Mi vuole ancora, e non so se questa consapevolezza mi terrorizzi o mi ecciti.

"Parlami di loro" dice bruscamente. "Parlami delle persone che ti hanno reclutata, che ti hanno costretta a farlo."

Ed eccolo: il vero motivo per cui è gentile con me. Sta giocando a fare il bravo poliziotto in contrapposizione ai cattivi russi, il salvatore contro i furfanti. La realtà è così vicina alle mie fantasie che mi viene voglia di piangere. Ma non è interessato a salvarmi; vuole solo ottenere risposte—risposte che non posso dargli e che non gli darò.

"Che cos'è successo quel giorno?" chiedo, invece. Questa domanda mi tormenta da quando ho saputo che lui ed Esguerra erano vivi. "Come hai fatto a sopravvivere?"

Lucas serra la mascella, e il desiderio nel suo sguardo svanisce. "Vuoi dire all'incidente aereo?"

"Quindi, *c'è* stato un incidente aereo?" Non ne ero sicura, anche se avevo immaginato che il suo desiderio di farmela pagare significava che era successo qualcosa.

Lucas si sporge in avanti, schiacciando con le mani il piatto di carta vuoto. "Sì, c'è stato uno schianto. I tuoi superiori non ti hanno informata?"

Combatto la voglia di tirarmi indietro per la rinnovata furia nella sua voce. "Sì, ma pensavo che avessero avuto informazioni sbagliate."

"Perché siamo sopravvissuti."

Annuisco, trattenendo il fiato.

Mi fissa per un secondo, poi si alza e cammina intorno al tavolo. "Andiamo" dice, afferrandomi un'altra volta. "Abbiamo finito qui."

E mi conduce di nuovo nel soggiorno, mi lega alla sedia e se ne va un'altra volta, sbattendo violentemente la porta dietro di sé.

23

Lucas

Mentre Esguerra discute con il nostro fornitore di Hong Kong dei recenti problemi di trasporto, resto seduto in silenzio, rivolgendo l'attenzione alla videochiamata solo parzialmente. Non capisco come una giovane donna possa farmi questo. Un minuto prima voglio prendermi cura di lei, aspettare che torni ad essere forte e sana, e quello successivo sono combattuto tra la voglia di scoparla e quella di ucciderla su due piedi.

Una prostituta bambina.

Questo è in sostanza ciò che l'hanno fatta diventare. L'hanno presa a undici anni, formata e collocata a Mosca a sedici anni dicendole di avvicinarsi alle alte sfere del governo russo.

Solo a pensarci mi sento male. Non so se mi dia più fastidio che le abbiano fatto questo o che sia stata coinvolta nell'incidente aereo che ha ucciso quarantacinque dei nostri uomini e che ne ha lasciati altri tre ustionati a tal punto da non riuscire a riconoscerli.

Com'è possibile odiare qualcuno e allo stesso tempo voler vendicare i torti subiti da lei?

"Grazie del suo tempo, Signor Chen" dice Esguerra, insolitamente cortese, e vedo il vecchio raggrinzito sullo schermo annuire, mentre ripete quelle parole. È divertente osservare la gentilezza in quella parte del mondo, anche quando si ha a che fare con dei criminali.

Non appena Esguerra si disconnette, mi alzo, impaziente di tornare da Yulia. "Ci vediamo domani" dico, e lui annuisce, continuando a lavorare con il computer.

"Ci vediamo" dice, mentre me ne vado.

È buio quando esco fuori—buio, caldo e umido. L'ufficio di Esguerra è un piccolo edificio vicino alla casa principale, che è un po' distante dai quartieri delle guardie, dove risiedo. Avrei potuto guidare fin lì, ma mi piace camminare, e dopo essere stato seduto per due ore, non vedo l'ora di allungare le gambe e schiarirmi le idee.

Prima di riuscire a fare una decina di passi, sento una donna che grida il mio nome, e mi giro, vedendo la cameriera di Esguerra, Rosa, che attraversa il grande prato. Tiene sul petto quella che sembra una pentola coperta.

"Lucas, aspetta!" Sembra senza fiato.

Mi fermo, curioso di scoprire cosa vuole. Ricordo vagamente che Eduardo mi ha parlato di lei. Forse la frequentava qualche tempo fa. Da quello che mi ha detto, è nata in questa tenuta; i suoi genitori lavoravano per Juan Esguerra, il padre del mio capo. L'ho vista in giro e l'ho salutata diverse volte, ma non ho mai parlato con lei.

"Ecco" dice, fermandosi davanti a me e consegnandomi la pentola. "Ana voleva che ti dessi questo."

"Davvero?" Sorpreso, prendo la pesante offerta. Il profumo che filtra dal coperchio è ricco e saporito, e mi fa venire l'acquolina in bocca. "Perché?"

La governante di Esguerra di tanto in tanto mi manda biscotti o frutta per le guardie, ma questa è la prima volta che si rivolge a me in questo modo.

"Non lo so." Per qualche ragione, le guance paffute di Rosa si tingono di rosso. "Credo che abbia preparato un po' di minestra in più, ma Nora e il Señor non l'hanno voluta."

"Capisco." Sto mentendo, ma non ho voglia di discutere su quello che sembra essere un pasto delizioso. "Beh, lo mangerò volentieri, se loro non lo vogliono."

"Non lo vogliono. È per te." Mi rivolge un sorriso esitante. "Spero che ti piaccia."

"Certo" dico, studiando la cameriera. È bella, con le curve e gli occhioni marroni e scintillanti, e mentre la osservo più attentamente, noto che forse non c'è la governante di mezza età dietro questo gesto.

Rosa prova qualcosa per me. Improvvisamente, ne sono sicuro.

Facendo del mio meglio per nascondere il disagio, le auguro una buona notte e me ne vado. Qualche mese fa, sarei stato lusingato e avrei accettato volentieri il palese invito dietro il sorriso timido della ragazza. Ora, però, per la testa ho solo la bionda con le gambe lunghe che mi sta aspettando a casa e le sporche cose selvagge che voglio farle.

"Ciao" grida Rosa, quando riprendo a camminare, e le rivolgo un banale sorrisetto.

"Grazie della minestra" dico, ma sta già tornando a casa, con il suo abito nero da cameriera che l'avvolge come un velo.

Appena arrivo a casa, metto la pentola nel frigorifero e poi entro nel soggiorno. Trovo la mia prigioniera esattamente dove l'ho lasciata: legata alla sedia nel centro della stanza. La testa di Yulia è abbassata, con i suoi lunghi capelli biondi che le coprono quasi tutta la parte superiore del corpo. Non si muove quando mi avvicino, e mi rendo conto che dev'essersi addormentata.

Piegandomi davanti a lei, comincio a slegarle le caviglie, cercando di ignorare la mia reazione alla sua vicinanza. Con le gambe legate e aperte, posso vedere le sue tenere pieghe tra le cosce, e ricordo con improvvisa chiarezza il sapore della sua figa—e la sua reazione intorno al mio cazzo.

Fanculo.

Mi guardo le mani, determinato a concentrarmi sul mio compito. Non funziona. Quando le mie dita sfiorano la sua morbida pelle, noto che i suoi piedi sono lunghi e snelli, come il resto del corpo. Nonostante la sua altezza, è delicata, con le caviglie così sottili che posso avvolgerne ognuna con il pollice e l'indice.

Basterebbe il minimo sforzo per spezzare quelle fragili ossa. Quel pensiero placa la mia lussuria, e ne approfitto, accogliendo la distrazione. È di questo che ho bisogno: di vederla come un nemico, non come una donna desiderabile. E vedendola come un nemico, è facile tormentarla.

Con una lieve pressione, potrei spezzarle il piede in due. Lo so, perché l'ho fatto. Un paio di anni fa, un produttore di missili tailandese fece il doppio gioco con noi, e noi ci vendicammo uccidendo tutta la sua famiglia. La moglie dell'uomo cercò di nascondere il marito e i figli adolescenti, ma la torturammo per farci dire dove si trovavano, rompendole tutte le ossa delle gambe.

Da allora, non abbiamo più avuto problemi in Tailandia.

È questo che dovrei fare con Yulia: farle del male, costringerla a rivelare i suoi segreti e poi ucciderla. Questo è ciò che Esguerra si aspetta che io faccia.

Ed è quello che avevo in mente di fare dopo averla scopata.

Le sue gambe si contraggono, irrigidendosi nella mia presa, così alzo lo sguardo e mi accorgo che Yulia è sveglia, con i suoi occhi azzurri fissi sul mio viso.

"Sei tornato" dice con calma, e io annuisco, impossibilitato a parlare a causa di un brutale picco di rinnovata lussuria. Il mio cazzo, già semi-rigido, si trasforma in una barra di ferro nei miei pantaloncini, e mi rendo conto che la mia mano destra sta scivolando sulla parte interna del suo polpaccio, senza il mio controllo. Più su, sempre più su... La sento irrigidirsi ancora di più, sento il suo respiro cambiare, mentre le sue pupille si dilatano, e vedo che è spaventata.

È spaventata e forse qualcos'altro, a giudicare dal rossore sul viso.

Non riuscendo a resistere all'oscura compulsione, lascio che la mia mano continui il suo viaggio, facendo scorrere le dita sulla pallida curva del suo ginocchio e sulla morbidezza della sua coscia. I muscoli delle sue gambe sono così rigidi che vibrano al mio tocco, e sotto il velo dei suoi capelli, i suoi capezzoli si induriscono, come boccioli rosa che stanno per fiorire.

Deglutisce. "Lucas—"

Non sento quello che sta per dire, perché in quel momento il telefono vibra rumorosamente nella mia tasca.

Figlio di puttana.

Livido dalla frustrazione, stacco la mano dalla coscia di Yulia e tiro fuori il telefono. Guardando verso il basso, leggo il messaggio di Diego.

Potenziale pericolo alla Torre Nord Numero Uno.

Vorrei lanciare il telefono contro il muro, ma resisto alla tentazione. Così, mi alzo e vado nel mio ufficio, in modo che Yulia non mi senta.

Facendo un respiro per calmarmi, chiamo Diego.

"Che c'è?" ringhio, appena risponde. "Che c'è di così importante?"

"Abbiamo catturato un intruso vicino al confine nord. Dice di essere un pescatore, ma non ne sono così sicuro."

Trattengo la mia rabbia. Diego ha fatto bene ad avvisarmi, anche se la sua interruzione è avvenuta in un momento di merda. "Va bene. Sarò lì tra un quarto d'ora."

Torno nel soggiorno e slego Yulia in fretta, facendo del mio meglio per ignorare la mia erezione che infuria. "Devi andare al bagno?" chiedo, facendola alzare in piedi, e lei annuisce, sembrando sconcertata.

"Andiamo, allora." La trascino per il corridoio e praticamente la spingo nel bagno. "Sbrigati."

Esce cinque minuti dopo, con il viso appena lavato e l'alito che sa di dentifricio. Le controllo le mani per assicurarmi che siano vuote, e poi la conduco nella camera da letto. Tenendola d'occhio, afferro una coperta e la getto sul pavimento vicino ai piedi del letto. Poi mi allungo verso il cassetto del comodino, prendo il rotolo di corda che avevo già preparato, e dico a Yulia: "Mettiti sulla coperta."

Lei si blocca, e la vedo fissare la corda che ho in mano.

"Mettiti giù" ripeto, allungandomi verso di lei. "Sulla coperta. Ora."

Si irrigidisce quando la tiro giù sulla coperta, e per un attimo, ho l'impressione che voglia opporsi. Invece, obbedisce subito, piegando le lunghe gambe sotto di lei.

"Sdraiati." Le lascio andare il braccio per spingere sulla sua spalla. Il mio cazzo pulsa alla sensazione della sua pelle morbida, e devo inspirare profondamente per combattere la voglia di scoparla prima di andarmene. Visto come mi sento, non ci metterei più di un paio di minuti a svuotarmi le palle, ed è quasi impossibile resistere alla tentazione di aprirle le gambe e scoparla. Se non volessi più di una selvaggia sveltina, sarei già dentro di lei.

"Lucas." Le tremano le labbra quando mi guarda. "Ti prego, io—"

"Sdraiati, cazzo. Ora" ringhio, perdendo la pazienza. Se devo costringerla, lo *farò*.

Pallida in volto, Yulia obbedisce, allungandosi sulla coperta. Non appena è sdraiata, mi inginocchio accanto a lei, le afferro i polsi, e li sollevo sopra la sua testa. Facendo attenzione a non bloccarle la circolazione, avvolgo la corda intorno ai suoi polsi e lego l'altra estremità alla gamba del letto. Poi, ripeto la manovra con le caviglie e l'altra gamba del letto, ignorando la sua rigidità. Il risultato finale è che sta distesa sul fianco sopra la coperta, con le caviglie e i polsi legati ai lati opposti del letto.

Alzandomi, osservo la mia opera d'arte. Vista la pesantezza del letto, Yulia è legata in modo ancora più sicuro di quanto non fosse prima alla sedia—e sarebbe in una posizione migliore per dormire, se la situazione con l'intruso richiedesse più tempo di quanto mi aspetti.

Prima di andarmene, prendo un cuscino e mi chino per metterglielo sotto la testa. I suoi capelli le coprono il viso, così le tolgo le ciocche bionde, cercando di ignorare il desiderio che mi martella dentro. Mi fissa, con i suoi occhi simili a profondi pozzi blu, e quasi gemo quando tira fuori la lingua per bagnarsi le labbra.

"Tornerò presto" dico, sforzandomi di alzarmi e di allontanarmi da lei.

E prima che io possa cambiare idea sulla sveltina, esco dalla stanza e mi dirigo verso la Torre Nord Numero Uno.

yulia

Con il cuore che mi batte forte, trattengo il fiato, mentre ascolto il rumore dei passi di Lucas che se ne va. Tornerà presto, ha detto. Questo significa che è andato a fare la doccia o che è partito per andare da qualche parte? Per quanto mi sforzi, non riesco a sentire la porta d'ingresso che si apre, ma questo non significa nulla. La camera da letto probabilmente è troppo lontana dall'ingresso.

Dopo qualche altro minuto di silenzio, mi sposto sulla coperta, cercando di attenuare il peso sulle spalle. Con le mani legate a una gamba del letto e le caviglie all'altra, non riesco a muovermi più di un paio di centimetri in alcuna direzione, e stare sdraiata è solo leggermente più comodo rispetto a quando ero seduta sulla sedia.

Con la frustrazione che cresce, provo a tirare le funi. Come pensavo, non cedono, e il letto matrimoniale in legno è così pesante che potrebbe essere fissato al pavimento.

Ogni volta che tiro la corda, mi taglio la pelle, così smetto di farlo.

Respirando lentamente, cerco di rilassarmi, ma sono troppo nervosa.

Dov'è Lucas? Perché mi ha lasciata qui in questo modo? Quando ha preso la corda e mi ha detto di mettermi sulla coperta, ero sicura che mi avrebbe violentata, a prescindere dalla presenza o meno di una fidanzata nella sua vita. Ho visto la sua erezione, ho sentito l'intenso desiderio al suo tocco, e solo la consapevolezza che sarebbe stato infinitamente peggio se mi fossi opposta mi ha spinta ad obbedire ai suoi ordini.

Ho pensato che se avessi fatto come chiedeva, non sarebbe stato così duro.

Ma non mi ha neanche toccata. Mi ha solo legata al letto e mi ha lasciata sdraiata qui sulla coperta. Mi ha anche dato un cuscino, come se avesse a cuore il mio comfort.

Come se non fossi la persona che vuole uccidere.

Passa qualche altro minuto senza alcun segno di Lucas, e mi rendo conto che dev'essersene andato, dopo tutto. Dev'essere a causa di quel messaggio che ha ricevuto. Si tratta di una questione di lavoro o personale? Ha qualcosa a che fare con quella misteriosa fidanzata? Lei sa che sono qui. Mi ha vista seduta nella casa di Lucas, nuda. Potrebbe averlo chiamato perché sospetta che ci sia qualcosa tra noi? Perché non vuole che il suo ragazzo si diverta con la sua prigioniera in questo modo?

Irrazionalmente, il pensiero mi fa contorcere le viscere. Non so perché mi dia fastidio che Lucas possa avere una ragazza. Non abbiamo una relazione, almeno non in senso romantico. Mi ha portata qui per tormentarmi, per farmela pagare per quello che ho fatto. Se c'è qualcuno che può vantare dei diritti nei suoi confronti, quella è la sua ragazza, non io.

Io sono l'altra donna—quella che potrebbe volere, ma che non amerà mai.

Chiudendo gli occhi, cerco di rilassarmi un'altra volta. La stanchezza incombe su di me come uno strato di mattoni, ma per qualche ragione, non riesco a prendere sonno. L'aria condizionata è fredda sulla mia pelle nuda, e mi fanno male le spalle avendo le braccia tese in quel modo. Per quanto possa sembrare ridicolo, una piccola parte di me vorrebbe che Lucas fosse qui—che mi stringesse nel suo forte abbraccio.

Quella fantasia è così affascinante che mi abbandono ad essa, come ho fatto in quella prigione. Nel mio sogno, niente di tutto questo è reale. Lucas non mi odia. Non c'è stato alcun incidente aereo e non siamo rivali. Mi abbraccia, mi bacia . . . fa l'amore con me.

Nel mio sogno, lui è mio e io sono sua—e nulla ci divide.

25

Lucas

Quando arrivo alla torre di guardia, Diego e gli altri hanno già legato e messo il trasgressore in un piccolo capannone nelle vicinanze. È buio pesto fuori, e non c'è elettricità nel capannone, così porto una lampada a batteria con me per esaminare l'intruso.

Appena dirigo la luce su di lui, vedo che è un colombiano, probabilmente sulla trentina. I suoi abiti sembrano scadenti e un po' sporchi, anche se questo potrebbe essere dovuto alla lotta con le nostre guardie. È anche imbavagliato, probabilmente per impedirgli di disturbare le guardie con le suppliche.

Faccio un passo indietro e mi rivolgo a Diego. Il giovane messicano ha un occhio nero—un ricordo del mio precedente sfogo su Yulia. Per un attimo, prendo in considerazione l'idea di scusarmi più sinceramente, ma decido che ora non è il momento. "Dove l'hai trovato?" chiedo, invece.

"Era vicino al fiume" spiega Diego, mantenendo il tono di voce basso. "Aveva una barca, e afferma che stava pescando."

"Ma tu non gli credi."

"No." Diego lancia un'occhiataccia al ragazzo. "La sua barca non ha un graffio. È nuova di zecca."

"Capisco." Diego fa bene ad essere sospettoso. Pochi pescatori di queste parti possono permettersi una barca nuova. "Va bene. Togligli il bavaglio, e vediamo cosa dice."

———

Sono le due del mattino quando l'intruso finalmente confessa. Non mi piace la tortura tanto quanto piace a Esguerra, così lascio che siano prima le guardie a divertirsi con il ragazzo. Lo prendono a cazzotti, rompendogli un paio di costole, e poi gli chiedo cosa ci faccia qui. Cerca di mentire, sostenendo di essere venuto alla tenuta per caso, ma dopo un paio di colpi con il mio coltello a serramanico, comincia a parlare e ci confessa tutto sul suo datore di lavoro, un potente signore della droga di Bogotá.

"Questi *cabrons* non imparano mai" dice Diego disgustato, quando il discorso dell'uomo si trasforma in una singhiozzata supplica di pietà. "Dovrebbero sapere che è inutile provare con questa merda. Mandare questo idiota a trovare buchi nella nostra sicurezza—si può essere più stupidi?"

"Sì." Faccio un passo verso l'uomo singhiozzante e spingo il coltello sulla sua gola, mettendo fine al suo tormento. "Potrebbero cercare di attaccarci qui."

"Vero." Diego fa un passo indietro per evitare lo spruzzo di sangue. "Vuoi che mandiamo il corpo al suo *patrón* o che lo portiamo all'inceneritore?"

"All'inceneritore." Asciugo il coltello sulla mia maglietta—è così insanguinato che una macchia in più non significa niente—e chiudo il coltello prima di riporlo. "Lasciamo che il suo capo si chieda che fine abbia fatto."

"Va bene." Diego fa un cenno rivolto alle altre due guardie, ed esse trascinano il suo corpo fuori dal capannone. Il luogo dovrà essere ripulito, ma questo sarà compito del turno successivo. Aspetto che arrivino le nuove guardie per fornire loro le istruzioni prima di dirigermi verso la mia auto.

Diego cammina accanto a me, così gli chiedo: "Ti serve un passaggio?"

"Certo. Avrei camminato, ma un passaggio mi sembra una buona idea." Mi rivolge un bel sorriso. "Mi permetterà di andare a letto prima."

"Già." Prima di salire in macchina, prendo un asciugamano arrotolato che tengo per queste occasioni speciali e lo sistemo sul sedile del conducente. Diego non è sporco come me, così lascio che salga sul sedile del passeggero così com'è.

Il tragitto è breve, ma Diego parla per tutto il tempo. È su di giri, come alcuni ragazzi dopo un assassinio. È come se sentisse il bisogno di enfatizzare il fatto che è vivo, che non è il suo corpo che sta per essere incenerito là fuori. So cosa prova, perché lo stesso entusiasmo scorre nelle mie vene. Non è così estremo com'era con le prime uccisioni—ci si può abituare a tutto, anche a togliere vite—ma continuo a sentirmi vivo, con tutti i miei sensi rafforzati dalla vicinanza della morte.

"Ascolta, amico" dice Diego, quando mi fermo davanti al suo alloggio: "Voglio solo dirti che non volevo insinuare niente oggi con quella tua ragazza. Avevi ragione: non è affar mio."

"Non è la mia ragazza." Non appena quelle parole mi escono dalla bocca, mi rendo conto di aver mentito. Yulia non sarà "la mia ragazza," ma è mia.

È mia dal momento in cui le ho messo gli occhi addosso a Mosca.

"Sì, certo." Sorridendo, Diego apre la portiera e salta fuori. "Ci vediamo domani."

La chiude, e io me ne vado. Sollevo della ghiaia premendo troppo l'acceleratore dell'auto, preso da un'improvvisa impazienza.

Ho aspettato anche troppo.

È giunto il momento di rivendicare ciò che mi appartiene.

Prima di andare in camera da letto, faccio una lunga doccia, eliminando ogni traccia di sangue e sporcizia. L'acqua calda mi calma un po', ma l'oscuro ronzio dell'adrenalina è ancora lì, mentre esco dal box doccia e mi asciugo, con il cazzo già duro e impaziente dall'attesa.

Non mi preoccupo di vestirmi prima di lasciare il bagno. L'aria è fresca sulla mia pelle ancora umida, quando cammino lungo il corridoio, e il battito del mio cuore accelera mentre immagino Yulia sdraiata, nuda, legata e completamente alla mia mercé. Non ho mai voluto una donna in quella posizione, ma tutto della mia prigioniera fa emergere i miei istinti più primitivi. La voglio vedere legata e indifesa.

Voglio che sappia che non può sfuggirmi.

È buio nella camera da letto quando ci entro, così mi allungo per trovare l'interruttore della luce. Quando la lampada sul comodino si accende, vedo Yulia, distesa sulla coperta davanti a me. Il suo corpo nudo è snello ed elegante mentre è sdraiata su un fianco, dandomi le spalle. Nonostante la perdita di peso, il suo culo è sodo, e la sua pallida pelle sembra d'alabastro sulla coperta scura. Non si muove quando mi avvicino, e mi accorgo che sta dormendo, con gli occhi chiusi e le labbra leggermente separate. I suoi seni paffuti e rotondi si muovono al ritmo del respiro regolare, con i capezzoli morbidi e rosa.

La lussuria che ho accumulato durante il corso della giornata riaffiora, più violenta che mai. Inginocchiandomi accanto a lei, passo la mano sul suo fianco, accarezzandola dalla spalla a metà coscia. Nonostante i lividi, la sua pelle è meravigliosa, così soffice e liscia che mi viene voglia di assaporarla tutta.

Cedendo alla tentazione, mi chino su di lei, l'abbraccio, e abbasso la testa per prendere il suo capezzolo in bocca. Si contrae immediatamente, mentre lo succhio, e la sento irrigidirsi sotto di me, con il ritmo del suo respiro che cambia man mano che si sveglia.

Sollevando la testa, la guardo, incontrando il suo sguardo. C'è paura nei suoi occhi, ma c'è anche qualcosa di più, qualcosa che mi eccita in modo insopportabile.

Desiderio.

Lentamente, con tutta la forza di volontà di cui ho bisogno per controllarmi, faccio scorrere la mano destra sulla sua vita e sui fianchi. Non emette suoni, ma vedo i suoi occhi rabbuiarsi, quando sposto la mano in basso per afferrare la natica tonda e soda del suo sedere. La sua pelle è fresca e liscia al tatto, la sua carne elastica, mentre la stringo leggermente. È bella, così fottutamente bella che il mio cazzo è pronto ad esplodere, e la mano mi trema dalla lussuria, mentre la abbasso, facendo scivolare le dita sotto la curva del suo culo e tra le cosce.

Sì, così. Un trionfo selvaggio mi attraversa, quando raggiungo le sue pieghe e sento l'umidità sull'apertura. La sua figa è pronta per me, proprio come la prima volta che l'ho toccata. Sempre sostenendo il suo sguardo, spingo il dito nel suo calore stretto e la sento rabbrividire, mentre sopprime un lieve rantolo.

"Mi vuoi, non è vero?" La mia voce è bassa e roca. "Vuoi *questo*." Trovo il suo clitoride con il pollice e premo su di esso, osservando la sua reazione. Sembra che abbia smesso di respirare, con i suoi occhi enormi sul volto magro, mentre mi guarda.

"Dillo." Piego il dito dentro di lei ed esercito maggior pressione sul suo clitoride. "Dimmi che lo desideri, cazzo."

Deglutisce, con la sua pallida gola che si muove, e sento la figa stringermi il dito, mentre un lungo brivido la attraversa. "Lucas, ti prego . . ."

"Dillo, cazzo" grido, ma lei chiude gli occhi, distogliendo lo sguardo. Il suo respiro è rapido ora, con il petto che si gonfia e si contrae in un ritmo frenetico, e sento i suoi muscoli irrigidirsi, mentre spingo un secondo dito dentro di lei, dilatando il suo canale stretto.

Mi sta respingendo, mi sta rifiutando.

La mia fame si rabbuia, con la lussuria che si mescola alla rabbia e alla frustrazione. Come cazzo osa farmi questo? È mia—il suo corpo è mio, e posso farci quello che voglio. Non c'è bisogno di lasciarla libera di scegliere. È la mia prigioniera, il mio bottino di guerra, e sono stato più che paziente con lei.

"Guardami." Tenendo la mia mano sul suo sesso, mi alzo in ginocchio e le afferro la mascella con l'altra mano, costringendola a guardarmi. "Non fare giochini con me" brontolo, quando apre gli occhi. "Perderai, mi hai capito?"

Sbatte le palpebre, e sento i suoi muscoli interni intorno alle mie dita. È bagnata, e il suo corpo sta accogliendo il mio tocco. "Sì."

"Sì, cosa?" Parlare è tutto quello che posso fare per non scoparla lì su due piedi. Muovo il pollice sul suo clitoride, facendola sussultare. "Sì, cosa?"

"Sì, io—" sospira, con voce tremante. "Ho capito."

"Bene. Ora smetti di mentire e rispondi alla domanda del cazzo." Piego entrambe le dita dentro di lei, facendola sussultare un'altra volta. "Mi vuoi?"

Il suo cenno della testa è debole, quasi impercettibile, ma è sufficiente.

Le lascio andare il viso e tolgo le dita dalla sua figa, con le palle pronte a scoppiare. Sono tentato di metterla su questa coperta, ma l'ho immaginata nel mio letto tutte queste settimane, ed è lì che la voglio questa volta.

Troppo impaziente per perdere tempo con i nodi della corda, mi alzo e vado nella lavanderia, dove ho lasciato i miei vestiti insanguinati. Trenta secondi dopo, torno con il mio coltello a serramanico.

Avvicinandomi alle gambe di Yulia, apro il coltello. Sgrana gli occhi dalla paura improvvisa, ma taglio semplicemente la corda, liberandole le caviglie.

"Sdraiati" ordino, alzandomi per camminare intorno a lei. Un attimo dopo, libero anche le sue braccia. Non volendo tenere un'arma vicino a lei, vado dall'altra parte della stanza e metto il coltello nel cassetto più in alto del mio armadio prima di girarmi verso di lei.

Yulia è già in ginocchio, in procinto di alzarsi, ma non glielo permetto. Riducendo la distanza tra noi, mi chino e la sollevo sul mio petto. So che può salire sul letto da sola, ma ho bisogno di toccarla, di sentirla. Vedo il battito pulsare nella sua gola, mentre la sistemo sulle lenzuola bianche, e il mio desiderio si intensifica.

Mia. È mia.

Quelle parole sono un rullo di tamburi primordiale nella mia mente. Non mi sono mai sentito così possessivo con una donna, non ne ho mai voluta una così tanto. Il desiderio è puramente viscerale, un bisogno così oscuro e antico come la voglia di uccidere. L'ho già avuta quella notte a Mosca, ma non mi è bastato.

Neanche lontanamente.

Guardandola, raggiungo il cassetto del comodino e tiro fuori una bustina di preservativi. Strappandola con i denti, tiro fuori il preservativo e lo faccio rotolare sul mio cazzo palpitante. Lo sguardo di Yulia segue le mie dita, e vedo il suo corpo irrigidirsi ancora di più. Dalla paura, dalla lussuria? Non lo so, e non mi interessa.

"Vieni qui" ordino, salendo sul letto. Non so cosa aspettarmi quando la raggiungo, ma sicuramente non quello che succede.

Nel momento in cui la tocco, Yulia avvolge le braccia intorno al mio collo e preme le labbra sulle mie.

yulia

Non so cosa mi spinga a baciare Lucas in quel momento, ma non appena le nostre labbra si sfiorano, la mia ansia svanisce, sostituita da un ardente desiderio. Lo voglio—voglio questo duro uomo che mi confonde, voglio il mio rapitore.

Con le fantasie che mi frullano nella testa, lo voglio più di quanto lo temo.

Il panico che provavo è scomparso, i ricordi bui svaniti mentre mi sistema sul materasso, facendo scivolare le mani tra i miei capelli. Mi inarco, e lui approfondisce il bacio, con la lingua che invade la mia bocca e la esplora avidamente. Sa di calore e cruda passione, come i miei sogni e i miei incubi. Mi consuma, e io consumo lui, mentre muovo freneticamente le mani sulla sua schiena muscolosa, il collo, i capelli corti. So che molto probabilmente mi ucciderà in un futuro non troppo lontano—so che le mani che mi stanno cullando la testa un giorno potrebbero schiacciarmi il cranio—ma in questo momento, nulla di tutto questo ha importanza.

Sto solo vivendo nel presente, dove il suo tocco mi sta provocando piacere, e non dolore.

Poggia le labbra sul mio orecchio, e sento i suoi denti sul mio collo prima che mi succhi la tenera carne. Ho la pelle d'oca, con il piacere intenso ed elettrizzante, mentre la sua mano destra scivola di lato, esplorando la curva della mia vita e il fianco prima di scavare tra i nostri corpi per trovare il mio sesso. Le sue dita spingono infallibilmente nel mio clitoride, e il dolore dentro di me si intensifica, con la tensione sempre più insopportabile.

Grido il suo nome, sconvolta dall'intensità delle sensazioni, ma è troppo tardi. Sto già venendo, avendo bramato questo momento per troppo tempo.

Mi accarezza, mentre ondate di piacere mi distruggono, con le sue dita sulle mie pieghe, fin quando il mio orgasmo finisce, e poi mi afferra la gamba e la sistema sul suo fianco, aprendomi. Il suo cazzo spinge sulla mia coscia, spesso e inflessibile, e un brivido di paura mi invade un'altra volta, mentre incrocio il suo sguardo scintillante.

"Sto per scoparti" dice, con voce bassa e gutturale. "Sei mia, hai capito? Mia."

Stordita, cerco di metabolizzare la sua affermazione, ma in quel momento, Lucas mi bacia di nuovo e io chiudo gli occhi, perdendo la capacità di riflettere. Il suo corpo è una calda gabbia d'acciaio su di me, con il suo profumo e il sapore che travolgono i miei sensi. Non posso respirare senza inalare la sua fragranza, sentendo solo la forza divorante della sua bocca e la durezza della sua erezione all'ingresso del mio corpo.

Afferro i suoi fianchi, scavando con le unghie nella sua pelle, e poi lo sento—il suo grosso cazzo che spinge dentro di me, penetrandomi. Stringe la mano sinistra tra i miei capelli, impedendomi di allontanarmi dalla sua bocca, e non riesco nemmeno a gridare mentre spinge, invadendo il mio corpo come se fosse suo diritto. Va in profondità, così in profondità che dovrebbe far male, ed è così—ma provo anche piacere, piacere e una strana sorta di sollievo.

Sollievo perché, in questo momento, sono davvero sua.

Quando è entrato tutto, alza la testa, facendomi riprendere fiato, e io apro gli occhi, incrociando il suo sguardo ancora una volta. Le sue labbra sono lucide per i baci, e la sua pelle abbronzata dal sole mette in evidenza i suoi lineamenti belli e duri. Lo sento dentro di me, con il suo calore che mi brucia da dentro, e il mio corpo si rilassa, avvolgendolo, ancora più umida.

"Yulia" sussurra, fissandomi, e capisco che lo prova anche lui—questo forte legame viscerale tra noi. Avrà anche tutto il potere, ma in questo momento, è vulnerabile come lo sono io, stretto nella morsa della stessa follia.

Non so se anche lui se ne renda conto, ma improvvisamente, la sua mascella si indurisce, con lo sguardo sempre più freddo e distante. Senza aggiungere un'altra parola, allunga la mano sinistra per afferrarmi un polso e lo inchioda sopra la mia testa. Poi, ripete il movimento con la mano destra, lasciandomi distesa sotto di lui, incapace di muovermi o di toccarlo in alcun modo.

Lasciandomi inerme sotto un uomo che vuole punirmi.

"Lucas, aspetta" sussurro, sentendo il panico crescere, ma è troppo tardi. Tenendomi i polsi sopra la testa, comincia a muoversi dentro di me, con gli occhi che brillano di una gelida rabbia. Le sue spinte sono dure, spietate, mi tolgono il fiato, mentre delle grida di dolore mi sfuggono dalla gola. Non sta facendo l'amore; sta prendendo il mio corpo, pretendendolo in modo brutale come farebbe qualunque vincitore.

Comincio a combatterlo, allora, con il panico che si intensifica mentre i vecchi ricordi riaffiorano, ma non c'è niente che io possa fare. Sono immobilizzata, invasa, e l'uomo sopra di me non ha alcuna pietà. Il suo corpo prende il mio, più e più volte, e mi sento scivolare in quel luogo freddo, buio, quello da cui ho lottato così duramente per uscire. I confini tra il presente e il passato si fanno sfocati, e sento la voce beffarda e crudele di Kirill, sento la puzza soffocante della sua colonia, mentre mi schiaccia a terra. L'orrore comincia ad inghiottirmi, ma prima di sentirmi completamente persa, Lucas sposta i miei polsi in una delle sue grandi mani e si allunga tra di noi con l'altra, trovando il mio clitoride ancora una volta. Il suo tocco è abile, infallibile, e lo straordinario piacere mi riporta al presente, rendendomi consapevole della tensione che cresce nuovamente dentro di me.

Chiudendo gli occhi, provo a divincolarmi, a fuggire, ma non posso andare da nessuna parte. Il suo cazzo è dentro di me e le sue dita sono sul mio clitoride, mentre il dolore e il piacere si aggrovigliano in un'erotica spirale viziosa. Non ho mai provato piacere con Kirill, solo terribile dolore, e lo shock per la doppia sensazione mi tiene con i piedi per terra in questo momento, ricordandomi che l'uomo sopra di me non è il mio addestratore.

È Lucas, un altro uomo che mi odia.

Solo che il mio corpo non lo sa, non si rende conto che il modo in cui mi tocca non dovrebbe provocarmi piacere. Nonostante la durezza delle sue spinte, le dita di Lucas sul mio clitoride sono delicate, e il piacere si intensifica, scacciando l'oscurità. Ansimando e rantolando, mi inarco, mentre delle frenetiche suppliche mi sfuggono dalla gola, e lui preme più duramente sul mio clitoride, spingendomi su quel tagliente bordo vulcanico.

"Vieni per me, bellissima" sussurra, abbassando il volto sul mio collo, e con mia grade sorpresa, raggiungo l'orgasmo. Un'estasi esplosiva mi attraversa e si irradia in ogni cellula del mio corpo, con tutti i miei muscoli che fremono per quelle sensazioni, mentre vengo intorno al suo grosso cazzo.

Stordita, grido il suo nome, e in quel momento, sento il suo respiro cambiare, con un gemito basso che brontola nel suo petto. Stringe la mano attorno ai miei polsi, mentre spinge in profondità per l'ultima volta e si ferma, muovendo i fianchi con un movimento circolare. Sento il suo cazzo pulsare dentro di me, e capisco che è venuto anche lui.

Respirando dalla disperazione, giro la testa di lato, non volendo affrontare né lui, né il mix di sentimenti che provo nel cuore. Mi sento a pezzi, annullata sia dal dolore che dal piacere. È ancora dentro di me, con il cazzo solo marginalmente più morbido rispetto a prima. Sento il sudore che tiene uniti i nostri corpi, sento il suo respiro duro, e delle strane lacrime sgradite mi bruciano gli occhi.

Qualsiasi dubbio circa la realtà di quello che sta accadendo è scomparso. Questo atto, questa cosa lacerante che è accaduta tra noi, imprime in me più che mai la certezza che Lucas è vivo.

È vivo, e io sono sua prigioniera.

Le lacrime minacciano di uscire, e chiudo gli occhi, determinata a impedire che ciò accada. Non posso permettermi il lusso di piangere. Qualunque cosa questo significhi, qualunque cosa Lucas abbia in serbo per me, devo sopportarlo. Devo essere forte, perché questo è solo l'inizio.

La mia prigionia è appena cominciata.

Anticipazioni

Grazie per la lettura! Se poteste lasciare una recensione, ve ne sarei molto grata.

La storia di Lucas & Yulia continua con *Legami* (*Catturami: Libro 2*). Se desiderate essere avvisati dell'uscita del libro, iscrivetevi alla mia mailing list delle nuove pubblicazioni all'indirizzo http://annazaires.com/series/italiano/.

Se non avete letto la storia di Nora & Julian, vi invito a provare *Strapazzami*. Tutti e tre i libri di quella trilogia sono disponibili.

E ora, voltate pagina per un breve assaggio di *Strapazzami*.

Estratto Di Strapazzami

Nota dell'Autrice: *Strapazzami* è una trilogia dark erotica su Nora & Julian Esguerra. Tutti e tre i libri sono disponibili.

Rapita. Portata su un'isola privata.

Non avrei mai immaginato che potesse succedermi questo. Non avrei mai immaginato che un incontro casuale alla vigilia del mio diciottesimo compleanno avrebbe potuto cambiarmi la vita in questo modo.

Ora appartengo a lui. A Julian. A un uomo che è così spietato quanto bello—un uomo il cui tocco mi fa bruciare. Un uomo la cui tenerezza trovo più devastante della sua crudeltà.

Il mio rapitore è un enigma. Non so chi sia, né perché mi abbia presa. C'è un'oscurità in lui—un'oscurità che mi spaventa anche se mi attira.

Mi chiamo Nora Leston e questa è la mia storia.

È sera ormai. Ogni minuto che passa, l'ansia sale sempre di più al pensiero di rivedere il mio rapitore.

Il romanzo che stavo leggendo non mi interessa più. Lo poso e cammino in cerchio per la stanza.

Indosso gli abiti che Beth mi ha dato prima. Non è quello che avrei scelto di indossare, ma è sempre meglio di una vestaglia. Un paio di mutandine di pizzo sexy e bianche e un reggiseno abbinato come biancheria intima. Un bel prendisole blu con i bottoni nella parte anteriore. Mi sta tutto benissimo in modo sospetto. Mi seguiva da tempo? Scoprendo tutto di me, compresa la mia taglia di vestiti?

Quel pensiero mi dà la nausea.

Cerco di non pensare a quello che avverrà, ma è impossibile. Non so perché sono così sicura che verrà da me stasera. Forse ha un intero harem di donne da qualche parte sull'isola e fa visita ad ognuna solo una volta a settimana, come facevano i sultani.

Eppure qualcosa mi dice che verrà presto. Ieri sera aveva semplicemente stuzzicato il suo appetito. So che non ha finito con me, neanche per sogno.

Finalmente, la porta si apre.

Cammina come se fosse a casa sua. Ed è proprio così, infatti.

Rimango di nuovo colpita dalla sua bellezza mascolina. Potrebbe essere un modello o una star del cinema, con un viso del genere. Se ci fosse giustizia nel mondo, sarebbe stato basso o avrebbe avuto qualche altra imperfezione sul volto per compensare.

Ma non è così. È alto e muscoloso, perfettamente proporzionato. Ricordo cos'ho provato ad averlo dentro e sento una sgradita scossa di eccitazione.

Indossa ancora jeans e T-shirt. Una grigia questa volta. Sembra preferire i vestiti semplici e fa bene a farlo. Il suo aspetto non ha bisogno di altri accessori.

Mi sorride. È quel sorriso da angelo caduto—oscuro e seducente allo stesso tempo. "Ciao, Nora."

Non so cosa rispondere, così sputo la prima cosa che mi passa per la mente. "Per quanto tempo hai intenzione di tenermi qui?"

Inclina leggermente la testa di lato. "Qui in camera? O sull'isola?"

"Entrambi."

"Beth ti farà fare un giro domani, potrai nuotare se vuoi" dice, avvicinandosi. "Non verrai chiusa a chiave, a meno che tu non faccia qualcosa di stupido."

"Tipo?" chiedo, con il cuore che mi batte forte nel petto mentre si ferma accanto a me e solleva la mano per accarezzarmi i capelli.

"Cercare di fare del male a Beth o a te stessa." La sua voce è dolce, il suo sguardo ipnotico mentre mi guarda. Il modo in cui mi tocca i capelli è stranamente rilassante.

Sbatto le palpebre, cercando di spezzare il suo incantesimo. "E per quanto riguarda l'isola? Per quanto tempo mi terrai qui?"

Mi accarezza il viso con la mano, piegandola sulla mia guancia. Mi sorprendo ad appoggiarmi al suo tocco, come una gatta che viene coccolata, e mi irrigidisco subito.

Le sue labbra si arricciano in un sorriso presuntuoso. Il bastardo sa quale effetto ha su di me. "A lungo, mi auguro" dice.

Chissà perché, non mi stupisce. Non mi avrebbe portata fin qui, se avesse solo voluto scoparmi un paio di volte. Sono terrorizzata, ma non sono sorpresa.

Raccolgo il coraggio e passo alla prossima domanda logica. "Perché mi hai rapita?"

Il sorriso abbandona il suo volto. Non risponde, semplicemente mi guarda con uno sguardo blu imperscrutabile.

Comincio a tremare. "Hai intenzione di uccidermi?"

"No, Nora, non voglio ucciderti."

La sua negazione mi rassicura, anche se potrebbe benissimo mentire.

"Hai intenzione di vendermi?" riesco a malapena a far uscire le parole. "Come prostituta o qualcosa del genere?"

"No" dice a bassa voce. "Mai. Sei mia e solo mia."

Mi sento un po' più calma, ma c'è ancora una cosa che devo sapere. "Hai intenzione di farmi del male?"

Per un attimo, non risponde. Per un istante qualcosa di oscuro lampeggia nei suoi occhi. "Probabilmente" dice lentamente.

E poi si china in avanti e mi bacia, con le sue calde labbra morbide e delicate sulle mie.

Per un attimo, resto lì bloccata, senza rispondere. Gli credo. So che dice la verità quando afferma che mi farà del male. C'è qualcosa in lui che mi fa paura, che mi ha spaventata fin dall'inizio.

Non è come i ragazzi che ho frequentato. Lui è capace di qualunque cosa.

E sono completamente alla sua mercé.

Rifletto ancora una volta sulla possibilità di affrontarlo. Questa sarebbe la cosa normale da fare nella mia situazione. La cosa coraggiosa da fare.

Eppure non lo faccio.

Sento l'oscurità dentro di lui. C'è qualcosa di sbagliato in lui. La sua bellezza esteriore nasconde qualcosa di mostruoso dentro.

Non voglio scatenare quell'oscurità. Non so cosa accadrà se lo faccio.

Così, resto immobile mentre mi abbraccia e gli permetto di baciarmi. E quando mi tira di nuovo su e mi porta sul letto, non cerco in alcun modo di opporgli resistenza.

Anzi, chiudo gli occhi e mi abbandono alle sensazioni.

Tutti e tre i libri della trilogia *Strapazzami* sono disponibili. Visitate il mio sito all'indirizzo http://annazaires.com/series/italiano per saperne di più e per iscrivervi alla mia mailing list delle nuove pubblicazioni.

Biografia dell'autrice

Anna Zaires è un'autrice bestseller di sci-fi romance, romance contemporaneo erotico e dark del *New York Times*, *USA Today*. È appassionata di libri dall'età di cinque anni, quando sua nonna le insegnò a leggere. Da allora, vive sempre parzialmente in un mondo di fantasia, in cui gli unici limiti sono quelli della sua immaginazione. Al momento risiede in Florida. Anna è felicemente sposata con Dima Zales (un autore fantasy e di science fiction) e collabora strettamente con lui in tutti i suoi lavori.

Per saperne di più, visitate il sito
http://annazaires.com/series/italiano/.

www.ingramcontent.com/pod-product-compliance
Lightning Source LLC
Chambersburg PA
CBHW070259120726
47910CB00007B/2306